Seule en sa demeure

De la même autrice

Romans

Le Voleur de vie, Revoir, 2007
Méfiez-vous des enfants sages, Viviane Hamy, 2010 ; Points, 2013
Le roi n'a pas sommeil, Viviane Hamy, 2012 ; Points, 2014
Le Rire du grand blessé, Viviane Hamy, 2013 ; Points, 2015
Le Cœur du Pélican, Viviane Hamy, 2015 ; Points, 2016
Trois saisons d'orage, Viviane Hamy, 2017 ; Points, 2018
Une bête au Paradis, L'Iconoclaste, 2019 ; Le livre de poche, 2021

Essais

Les grandes villes n'existent pas, Le Seuil, 2015 ; Points, 2020
Petit éloge du running, François Bourin, 2018 ; Les Pérégrines, 2021

Nouvelles

Sauvages, Revoir, 2008

Poésie

Les Ronces, Le Castor astral, 2018 ; version poche, 2021
Noir volcan, Le Castor astral, 2020 ; version poche, 2022
En l'absence du capitaine, Le Castor astral, 2022

Jeunesse

Les Rouflaquettes électriques (illustrations de Vedrana Donić), Zinc Éditions, 2011

Albums

Les Romantiques (illustrations de Benjamin Chaud), Robert Laffont, 2021
La 89 est-ouest (photographies de Christophe Goussard), Filigranes, 2022

Collection Proche
26, rue Jacob, 75006 Paris
Tél. : 01 42 17 47 80

Cécile

Coulon

Seule en sa demeure

« Forêts paisibles,
jamais un vain désir ne trouble ici nos cœurs.
S'ils sont sensibles,
Fortune, ce n'est pas au prix de tes faveurs. »

Les Indes galantes,
Jean-Philippe Rameau
et Louis Fuzelier

L'église des Saints-Frères

Par un beau dimanche de mars, où le soleil poussait doucement l'hiver hors des forêts obscures, Jeanne Marchère mourut dans la travée principale de la petite église des Saints-Frères.

Elle avançait, devant son fils et son époux, le dos bien droit, trois nattes de cheveux blonds enroulées à la nuque. Au-dessus des statues aux yeux blancs, les vitraux surplombaient la nef. Ici, Salomon épargnait un fils devant les mères implorantes. Là, saint Michel terrassait le monstre des enfers et dans sa chute renversait des anges qui pleuvaient en étoiles sur le royaume des hommes. Noé construisait son arche. Mille couleurs embrasées par le soleil éclaboussaient le premier rang de bancs où des fidèles, sagement alignés, attendaient qu'on place sur leur langue le corps du Christ. Jeanne Marchère venait première, toujours.

Quelques années plus tôt, les épicéas de sa famille avaient servi à restaurer la charpente de l'église.

Son fils, Candre, protégé par la haute silhouette de la mère, fixait le rouge des enfers de saint Michel en lueurs sur le crâne du prêtre. Le bleu si fort du ciel de verre brossait les visages fermés des enfants de chœur. Toute l'église le regardait, Candre, se relevant avant les autres, remontant cette travée si étroite qu'il sentait contre le dos de sa main le souffle des pauvres gens assis. Moins d'une centaine de personnes assistaient à la messe mais la petite église était pleine, on avait laissé la porte entrouverte et de chaque côté des battants les domestiques de la famille Marchère, Henria et Léonce, attendaient qu'on les invite à sortir. Ils gardaient un œil sur les braves gens, et l'autre sur les maîtres.

Les sapins de la forêt d'Or, au pied d'une pente de terre sèche, apportaient leur parfum jusqu'aux portes de la chapelle. L'air frais, chargé d'épines, enserrait les piliers de pierre blanche où le Christ tournait son visage douloureux vers les fidèles. L'hiver terminait tard. Candre frissonnait dans sa veste de laine. Chaque dimanche, Henria l'habillait pour l'église, et quand ses cheveux étaient peignés et son pourpoint lissé, elle le réchauffait en lui frottant la nuque et les épaules, l'embrassant comme un fils, puis déposait derrière ses oreilles deux gouttes de résine pour, disait-elle, « éloigner la maladie et les mauvaises gens ».

Les hauts arbres de la forêt d'Or, propriété des

Marchère, protégeaient l'enfant unique, maintenaient le toit de l'église au-dessus de leurs âmes coupables et soufflaient sur le village des Saints-Frères et ses habitants leurs chants de grâce et de saisons froides.

Ce dimanche-là, Jeanne Marchère s'éteignit sans faire de bruit. Elle n'eut pas le temps de mettre genou en terre pour recevoir le corps du Christ qu'un serrement de cœur la fit chanceler et tomber sur la dalle grise au pied du prêtre. Alors les couleurs des vitraux inondèrent la nef, le bleu si fort, le rouge de sang traversé par la lumière violente du printemps déferlèrent sur les visages terrifiés. Le corps de Jeanne Marchère, où le cœur s'était brisé, gisait aux yeux de tous, arrosé par l'éclat.

Interdit, Candre observa quelques minutes sa mère, allongée sur cette dalle, puis l'enfant leva les yeux aux enfers avant de venir, comme on fait aux vieilles personnes retrouvées mortes au lit, effleurer les paupières de Jeanne pour les tirer sur ses yeux vides. Alors il sentit un bras puissant le saisir à la taille, et Henria murmura : « Pauvre petit, viens. Pauvre, pauvre petit. Je ferai tout ce qu'il faudra pour toi. Tu n'as rien à craindre. » Et quand il tourna vers elle son regard où les larmes débordaient, elle le prit dans sa robe : il y enfouit sa tête de moineau de cinq ans, pendant qu'autour d'eux on déplaçait le corps de Jeanne Marchère, que les couleurs maquillaient violemment, comme si Dieu lui-même jetait sur elle ses pinceaux usés et salis.

Le cœur

« Je ne t'obligerai pas à épouser cet homme, Aimée. Il est venu ici, et tu l'as accueilli à tes côtés sans te méprendre ni te fermer. Je ne t'obligerai pas à épouser cet homme mais je t'obligerai à épouser un homme bon et il est le meilleur d'entre tous.

Ne détourne pas les yeux quand je te parle.

Candre Marchère est une âme pieuse et riche. Il a été marié autrefois et sa jeune femme est morte. Je ne suis pas ravi qu'il s'agisse d'une seconde noce, crois-moi, mais ici, ma petite Aimée, les hommes sont des soldats ou des gueux, des hommes de fer ou des hommes des bois, et Candre n'est pas comme eux. Il ne brûle d'aucune haine envers ses semblables. Aimée, je veux pour toi un homme qui ne mourra pas sur un champ de bataille loin de sa femme, ni un complotant des villes lointaines. Candre aime Dieu. Aucune histoire ne le précède, sinon celles que tu connais déjà : la mort de sa mère dans l'église des

Saints-Frères, la mort de sa femme quelques mois après leur mariage. Tu es si jeune et il l'est presque autant que toi.

Aimée, un père ne choisit pas un mari pour sa fille, mais il la détourne des âmes sombres de ce monde. Candre Marchère est un homme de nom, de foi et de travail. Et s'il est sur cette terre meilleur garçon que ses semblables, alors je crois en lui. »

Aimée crut que son père avait encore à dire mais il se tut comme il s'était lancé, d'un seul coup.

Candre avait rencontré Amand et Aimée Deville à la foire aux chevaux. La fille suivait d'un œil sévère les mains qu'on passait aux épaules de son père. Candre Marchère, lui, n'avait ni passé sa main sur la veste d'Amand, ni appelé l'ancien commandant « Vieux Commandant » comme ces autres, pleins de mépris face à ce vieil homme debout sur ses cannes. Candre s'était avancé après le passage des montures de guerre et s'était adressé à Amand très simplement, l'appelant « Monsieur Deville », lui demandant s'il pouvait leur montrer les trois chevaux de sa propre écurie, entraînés pour la dernière épreuve de la foire. Le père et la fille avaient suivi docilement le drôle d'oiseau, habillé en costume de laine et bottes brunes, jusqu'à l'enclos des chevaux Marchère et, là, il s'était penché sur les bêtes comme sur des hommes, avec la même simplicité, la même élégance. Le soir, à la maison, Amand avait annoncé la venue du fils Marchère pour le jeudi suivant. Sa fille n'en fut pas surprise.

Elle posa mille questions à son père, à sa mère, à son cousin, et tous lui dirent ce qu'elle savait déjà : Candre était un jeune homme riche, orphelin, et veuf. À vingt-six ans, sa vie ressemblait à celle d'un vieillard, les traits de son visage suivaient le cours de son histoire familiale, ils tiraient sa bouche et ses paupières, comme pour rentrer, aussi vite que sa mère et sa première femme, sous terre, là où la famille Marchère, et ceux qui la fréquentaient, finissaient, plus vite que les autres.

On répéta comment sa mère était tombée dans l'église des Saints-Frères, comment Candre avait été élevé ensuite par Henria, la domestique, pendant que son père, fou de chagrin, persuadé que la malchance prenait sa famille, se tuait au travail, s'enfermant dans son cabinet, amassant biens et richesses en négligeant son fils. On répéta qu'à vingt-cinq ans, Candre se maria avec une jeune fille de Saints-Frères, Aleth, qui contracta une mauvaise pneumonie et en mourut six mois à peine après son mariage. On parla de ses habitudes connues, mercredi et dimanche au cimetière, lundi et jeudi au marché avec Henria. On répéta encore qu'il travaillait dur. On conversa à propos de la forêt d'Or, où les ouvriers de la compagnie Marchère transformaient sapins et épicéas en planches pour les envoyer partout en France, en Suisse et en Belgique. Il visitait, en personne, chaque fin d'après-midi, les chantiers de taille et de coupe, qu'il connaissait ses employés aussi bien que son arbre généalogique. On insista : il était si pâle et si maigre. Son visage respirait la souffrance. Candre n'était pas laid, mais triste. Et cette tristesse bouleversa Aimée dès qu'il passa le haut portail de fer rouillé du clos Deville.

Candre Marchère déjeuna avec Aimée, son père, Amand, sa mère, Josèphe, et Claude, le cousin. Après treize heures, on passa au petit salon.

Candre ne buvait que de l'eau, presque glacée. Ni café, ni vin, pas de bière ou de liqueur, de l'eau très froide, un grand verre au début du repas, un grand verre à la fin, le rouge lui montait aux joues, au nez et au front.

Peut-être était-ce pour cela qu'Aimée avait commencé à s'intéresser à lui. Il ne buvait pas et ne mangeait pas plus qu'à rebord de son appétit. Le cousin Claude, lui, avait dévoré pour quatre, comme d'habitude. Pour les hommes de son âge, s'empiffrer prouvait qu'on avait des muscles à nourrir, un corps à bourrer, un estomac à remplir. On se tenait prêt à « faire ce qu'il fallait » – disait Amand – pour sa maison et sa famille.

Candre n'était pas de ceux-là : il mangea très peu et très soigneusement, comme une jeune fille. Il ne portait pas la serviette au genou mais sur le poignet. Claude avait haussé un sourcil, envoyé un sourire moqueur à sa cousine, vite réprimandé par le père d'Aimée, qui s'adressait à Candre comme un professeur s'adresse à un bon élève un peu timide pour le piéger sur une formule difficile. Le fils Marchère prenait son temps pour répondre, on eût dit que sa pensée faisait deux fois le tour de son crâne avant d'être mise en paroles. Sa voix, moins fluette que son corps, moins transparente que sa peau, était assurée, d'une précision chirurgicale, quand il parlait on ne lui posait pas la même question une seconde fois.

– Vous parlez à vos chevaux comme vous parlez à mon père, c'est une drôle de façon de faire.

Candre prit une madeleine qu'il rompit en deux sans qu'une miette en tombe. Il trempa la première moitié dans une tasse de café qu'il ne but point. Aucun de ses gestes n'échappait à la fille Deville : elle suivait ses doigts, ses mains, inspectait du regard sa chevelure, ses lèvres, son habit. Aimée se conduisait avec Candre comme elle faisait, enfant, dans le jardin, avec les insectes qui grouillaient au pied des tilleuls et des pommiers.

– Dieu a créé l'homme et les animaux terrestres le même jour, répondit-il. Il n'y a aucune raison que je les traite différemment. Sans compter qu'on n'est jamais trahi par un cheval, un cochon ou une abeille.

– Les hommes vous ont trahi, Candre ? Ou les femmes, peut-être ?

– Claude ! Je t'en prie ! s'écria Josèphe, la mère d'Aimée.

Le cousin cherchait Candre. L'homme d'armes défiait l'homme de foi. Amand laissait faire ; son neveu l'amusait. Il prenait, comme lui au même âge, l'habit militaire, fanfaronnant, fier d'être le digne héritier du commandant Deville, son oncle bien-aimé, qui l'avait élevé au sein du clos comme son propre fils et frère d'Aimée.

– Je ne saurais quoi dire des femmes, répondit calmement Candre. Ma mère est partie bien tôt et ma femme fut heureuse chez moi avant de tomber malade. Henria est dévouée. Les femmes sont meilleures en ce monde que les meilleurs des hommes.

Claude bomba les joues, sur le point d'éclater de rire mais, croisant la figure de sa cousine, il s'arrêta aussitôt.

– Et vous, Claude ? Les femmes vous ont-elles trahi ?

Candre avala sa moitié de madeleine, la tête bien droite. Amand ne cachait plus son sourire et sa femme, elle, rougissait à mesure que la conversation prenait une drôle de tournure.

– Ma cousine me bat régulièrement aux cartes.

– Tant qu'elle ne vous bat pas tout court.

Aimée lança à Claude un demi-sourire narquois, l'air de dire « tu l'as bien cherché », et Josèphe, franchement agacée, fit débarrasser la table.

Après le café, Aimée invita Candre pour un tour de maison : ils passèrent devant la niche des chiens, contournèrent le petit bassin et continuèrent sur un chemin bordé de plantes grasses qui attrapaient le bas des robes.

– Mon cousin est un drôle d'oiseau, confessa Aimée.

– Les drôles d'oiseaux ne sont généralement pas mauvais garçons.

Il marchait sans la regarder. Son visage, paisible et blanc, semblait pris dans les couleurs des arbres et des mousses, des écorces et des herbes. Il réglait son pas sur celui d'Aimée, prenant soin de ne pas la dépasser ni de la ralentir, mais une partie de lui-même s'échappait de leur conversation et filait dans les feuillages comme un écureuil. Ils débouchèrent sur un potager à l'abandon. Aimée eut honte des allées mal tenues et des feuilles mortes, elle voulut dire quelque chose pour détourner l'attention de Candre mais il ne paraissait nullement troublé par cette négligence.

– La terre fait ce qu'elle souhaite de nous et de ce que nous lui enfonçons dans le ventre, souffla-t-il.

Sa voix n'hésitait pas. Les mots semblaient prêts, réglés d'avance, comme s'il avait préparé ses phrases des semaines auparavant, et pourtant Aimée voyait, à la manière dont sa paupière tremblait sur son œil brun, qu'il se sentait étranger en cette maison. Il la découvrirait à mesure que les semaines passeraient ; la curiosité d'Aimée et – il l'espérait – son amour naissant lui autorisaient d'être en ces lieux plus qu'un simple visiteur.

Voilà trois fois qu'ensemble ils parcouraient les terres du clos Deville, qu'ils entraient et sortaient de la salle à manger, du petit salon, qu'ils remontaient l'allée jusqu'au portail, et voilà trois fois qu'Aimée remarquait que Candre ne laissait en sa demeure aucune trace de son passage. Ses chaussures ne modifiaient ni la terre, ni le sable, ni les dalles. Sa main ne plissait pas le linge, les couvertures, les drapés. Ses chevaux attendaient à l'entrée, leurs sabots ne creusaient pas la route ni n'abîmaient les travées du clos. Les roues de son cabriolet ouvert, même par temps de grand vent, laissaient au chemin une ligne légère qui s'effaçait dans la seconde.

Tout en lui et de lui s'évanouissait. Candre semblait de ce monde comme le sont les animaux sauvages. Il vivait dans la mémoire des autres, dans leurs conversations et leurs paroles. Il héritait de sa famille une histoire dramatique, et vivait chaque jour selon les consignes de son Dieu et les horaires de ses ouvriers. Fin d'esprit, employant avec mesure la repartie non comme une attaque mais comme un bouclier contre les gaillards tels que le cousin d'Aimée, Candre se protégeait, et cela plut à Aimée. Elle avait grandi auprès d'hommes de guerre, de vaillants, à la voix haute, des hommes de force, et soudain Candre semblait si différent, si féminin. Il n'avait ni les manières ni le ton d'une femme ou d'une jeune fille, mais sa façon de ne jamais se mesurer à ses semblables, de vivre selon la loi au-dessus d'eux le rapprochait d'Aimée.

Alors oui, il lui plut. Elle le comprit la troisième fois que les chevaux disparurent au-delà du portail et qu'elle pria sèchement son cousin de se taire, la prochaine fois.

– Voilà autre chose.

– Je te le demande. Si tu continues à lui parler de la sorte, tu ne seras plus à table avec nous.

Claude haussa les épaules et suivit sa cousine. Elle marchait prestement, son ombre jouait avec celle des hauts sapins, il se pressait à ses côtés comme un enfant. Quand ils eurent atteint le perron, où Josèphe attendait leur retour, voûtée dans sa robe grise à très gros jupons. Claude murmura à sa cousine :

– Josèphe ne risque pas d'attraper froid aux pieds.

Aimée sourit, secoua la tête et passa devant sa

mère, qui lança un regard réprobateur à son neveu, aimé comme un fils.

Amand était encore au salon. Il lisait le journal, où était annoncée l'ouverture d'une nouvelle école royale de cavalerie.

– Claude, voilà un endroit pour toi.

– J'aime beaucoup les chevaux, un peu moins les rois.

Son oncle soupira : Aimée devinait dans le tremblement léger des doigts, dans l'affaissement de la moustache, que son père vieillissait trop vite. Sa jambe blessée, vingt ans plus tôt, lui rappelait chaque jour qu'il était infirme. Pour un homme d'armes, elle n'imaginait pas pire punition.

– Il n'aime pas les rois, et il n'aime pas non plus Candre ! lança-t-elle.

– Je n'ai pas dit ça.

Amand se redressa difficilement. La veine sur sa tempe se contractait comme un serpent tenu à la gueule.

– Bien sûr que tu ne l'aimes pas, il sait répondre à tes mauvaises paroles. Tu as trouvé un adversaire que tu ne pourras pas battre à la lutte.

Candre reviendrait, c'était chose faite. Au moment où Claude voulut répondre, Josèphe l'envoya aux écuries sortir les deux juments. Il protesta, pour la forme, et partit gaiement, gosse au corps long et grand, tout en muscles. Aimée et son père restèrent seuls un moment, Amand plia le journal comme une serviette de table, sans le froisser.

Quand il eut fini, Aimée sentit sa mère approcher dans le salon que le crépuscule baignait de rouge et de bleu. Elle pressa l'épaule de sa fille et débarrassa le journal sans dire un mot. Amand la remercia d'un hochement de tête.

– Vous savez pourquoi je suis là, Aimée.

Debout, au bord d'un promontoire ouvert sur les sapins, Candre cherchait ses terres des yeux, au-delà du chemin noué entre les arbres. La forêt d'Or, domaine des Marchère, commençait à poindre à trente kilomètres à vol d'oiseau. D'où il se trouvait, par temps clair, l'héritier attrapait du regard la ligne des hautes cimes d'un vert si foncé qu'on les aurait cru noires. À ses côtés, Aimée lui pressa légèrement le bras. Elle sentit le jeune homme se tendre et retira alors sa main aussi doucement qu'elle l'avait posée.

– Je serais sotte de ne pas le savoir, dit-elle.

Candre abandonna l'horizon.

Bientôt deux mois qu'il venait au clos, qu'il déjeunait, marchait, s'entretenait avec Aimée, son père, son cousin, même.

Quand ils se promenaient, il arrivait que Candre ne dise rien, pas un mot, et pourtant son silence ne pesait pas, Aimée sentait chez lui une distance qu'il entretenait naturellement avec toute chose vivante, et cela lui plaisait. Mais voilà qu'elle demandait qu'il rogne cette distance, qu'il la regarde longuement, sans être séparés par une table ou un Claude farceur.

– Si vous souhaitez m'épouser, il vous faudra me regarder en face, au moins à l'église.

Quelque chose de l'enfance surgit, de si vif, à la fois joyeux et sévère, comme le sont les enfants mélancoliques. Soudain, Candre rajeunit de quinze ans : son visage s'ouvrit, mais son œil devint plus sombre.

– Mon père est d'accord.

– Et vous, êtes-vous d'accord avec votre père ?

Le sourire persistait dans sa voix. Pourtant, ses paroles étaient mesurées. Aimée s'en trouvait parfois stupéfaite, incapable de répondre comme le lui avait appris Claude, rapidement, à l'attaque. Candre ne se laissait pas prendre, il avançait dans l'ombre, choisissant ses mots comme on choisit un costume pour un enterrement qui n'en finit pas.

– Mon père croit en vous.

Amand avait dit oui. Il voulait qu'elle épouse Candre. Il vieillissait. Sa mère vieillissait encore plus vite, d'ailleurs, même si Aimée l'avait toujours connue silencieuse, ridée, obéissante. Seule la présence de Claude ramenait parfois sur son visage une expression de gaieté, mais avec sa fille, Josèphe s'était comportée comme la femme de son mari : si elle avait un avis, Aimée n'en avait jamais rien su.

– Je ne veux pas épouser une femme qui ne veuille pas m'épouser. C'est une chose simple.

Gênée, Aimée détourna les yeux. Les mots de Candre la rassuraient, mais son œil l'inquiétait. Elle sentait, en lui, des forces contraires. Elle épouserait un homme sérieux, très sérieux.

– J'ai pris ma décision, dit-elle en relevant la tête.

Puis elle huma l'air, comme une bête, et accéléra le pas.

– Il faut rentrer, maintenant. La pluie arrive.

Un début d'orage couvrit le village : Candre quitta prestement le clos Deville.

Tandis que les chevaux battaient la route bientôt trempée, laissant derrière eux une odeur de paille et de terre crottée, Claude, refermant le portail au départ du prétendant, ravala un sanglot honteux, une larme de sable venu d'un œil sec, comme le sont les chagrins des hommes d'armes. Il remonta l'allée, sachant qu'en ce jour les choses s'étaient décidées sans lui. Bientôt, quand sa cousine s'appellerait Aimée Marchère, il partirait, lui aussi, n'ayant personne à protéger que son pays, à cheval, loin de ceux qui l'avaient élevé comme un fils, aimé comme un frère.

Quand Aimée arriverait au domaine Marchère, dans la paume du Jura, elle découvrirait, avant d'apercevoir, à mi-pente, le toit noir de sa nouvelle demeure, le cortège massif et sombre de bois qui longeait la route. Bordée par deux fossés parallèles, décorée de hauts troncs couleur d'entrailles, la voie, quand elle quittait la vallée, s'aiguisait comme une serpe, ronde et tranchante.

Bientôt, Aimée reconnaîtrait les chevaux de Candre, soumis à un seul trajet : à chaque nouvelle sortie, on choisissait les bêtes en fonction du lieu où le maître se rendait. En son écurie, les chevaux occupaient, par deux, des box larges fendus par une barrière de planches espacées. Sur la porte des enclos, le maître avait fait graver non pas les prénoms des bêtes mais leur destination. Église. Marché. Clos Deville. Bourg. Une dizaine de couples équestres se partageaient la cour, une fontaine crachait son eau glacée pour les chevaux qui rentraient de courses, luisants de pluie ou de sueur, beaux comme des dieux tombés du ciel.

Avant de passer devant l'écurie, Aimée sentirait passer dans son cou ce vent qui mordait, même au cœur des étés forts, tantôt sec et brûlant, tantôt dur et glacial, elle aviserait, avant le dernier virage, la grande croix d'un bois sombre et perlé qui marquait l'entrée de la forêt d'Or. Mme Marchère frissonnerait, comme chaque fois qu'un étranger pénétrait les terres de Candre en sa compagnie. Aimée apprendrait que cette forêt deviendrait son empire ; sa noirceur et ses secrets avaient éduqué, formé, protégé Candre dès son enfance. Son époux ne travaillait pas ses bois comme ses scieurs, ses renardiers et ses colporteurs, non, mais comme un homme qui aime plus la forêt que ses semblables. Aimée aurait le temps de deviner – à l'approche du dernier virage – de longs *M* rouges qui décoraient, en lisière, les écorces les plus claires.

Puis la voiture virerait subitement, Aimée en serait ébaubie, et quand elle rouvrirait les yeux et rajusterait la dentelle de son col, elle assisterait au plus étrange des spectacles, surgissant de cette boîte d'arbres noirs, d'épines et de longs cris d'oiseaux invisibles.

Le domaine Marchère lui apparaîtrait nettement, comme un paysage après la brume. Une fois le brouillard des sapins levé sur la colline, Aimée retiendrait dans sa gorge un hoquet de surprise :

jamais elle n'aurait vu un lieu pareil, jamais elle n'aurait pensé y vivre.

Une bâtisse de pierre et de bois, aussi large qu'un couvent, aussi haute qu'une église, trônait au cœur du paysage. Le toit était de tuiles rouges ou noires qui tombaient sur des fenêtres rondes à l'étage supérieur, puis rectangulaires et longues. Les volets, de bois huilé, mangeaient la façade et le lierre courait de haut en bas, enroulant sur les vantaux de longs doigts verts et noueux. Le chemin remontait vers la maison puis se divisait en deux branches : l'une menait à l'écurie, l'autre au logis des domestiques, à l'arrière du domaine, dans l'ombre écrasante du château – oui, c'est le mot qui lui viendrait à l'esprit –, d'une architecture étrangère à ce qu'Aimée connaissait des habitations de la région, des fermes et domaines souvent bas, longs, cachés et solides. En voyant la demeure se dresser sur son flanc d'herbe courte, Aimée ne saurait décrire la couleur des murs, ni le nombre de pièces que pouvait abriter pareil lieu. Le château se fondait dans la végétation, comme s'il était né de la forêt, protégé par elle sans qu'elle le dévore, habillé par ses feuilles et ses plantes grimpantes, bourdonnant d'abeilles, et pourtant étincelant et propre comme les costumes et chevaux de Candre. Elle imaginerait un œil géant, de lumière et de verdure, tandis que la voiture s'arrêterait devant l'escalier, usé, vestige des caprices de Jeanne Marchère. Un œil immense posé sur elle, aux cils de vantaux plats, aux cernes de vitres impeccables.

Elle devinerait derrière ce regard la vie qui respirait doucement à l'intérieur, la lumière jaune dans le grand salon, sa chambre, au premier étage, elle savait que ce serait là, sa chambre, puisque c'était la seule fenêtre ouverte de toute la façade et Aimée saurait que Candre avait donné des instructions à Henria, la bonne. D'ailleurs, Henria apparaîtrait de derrière la maison, son gros corps prisonnier d'un tablier noir, les tempes gonflées par le travail, les yeux gris et sérieux ; elle attraperait les malles, guiderait Aimée, dirait deux mots sur une marche branlante de l'escalier où Madame devrait faire très attention. Aimée suivrait sans rien dire, prise par la vie nouvelle, rongée par la stupeur et la timidité.

Elle ne saurait, en ces lieux, quoi répondre aux silences de la forêt.

On prépara le mariage et le départ d'Aimée avec empressement. Depuis toujours, le clos Deville semblait figé dans sa splendeur passée : maintenant qu'il restait un mois à vivre chez ses parents, la fille de Josèphe et Amand tentait de retenir en elle l'épaisseur des étoffes sur les fauteuils du salon, les plis des serviettes à table, l'odeur des draps parfumés aux sacs d'épines. Soudain, Aimée reniflait chaque recoin comme un animal alors qu'elle avait grandi là sans jamais s'attendrir des tableaux aux murs, des consignes au palefrenier, des armes de son père exposées dans le couloir. Elle se préparait à quitter les boiseries rassurantes, la terrasse ouverte et le chemin mal dégrossi qu'elle avait emprunté avec Candre, la première fois : la maison ne lui avait jamais semblé aussi vivante.

Quand elle traversait le vestibule, elle voyait sa mère, dix ans plus tôt, courant après Claude, pendant qu'Amand, encore fragile sur ses cannes, soupirait au bas de l'escalier, qu'il peinait à grimper, prenant son souffle trois fois jusqu'à sa chambre.

Amand Deville avait été fait général de cavalerie trente ans plus tôt. Maniant les rênes et l'arme avec la même souplesse, on l'avait affecté au 56e régiment de cavalerie légère, au commandement des carabiniers, et lorsque la guerre éclata, que les Prussiens avancèrent en nombre sur la France, Amand, fier d'être appelé, guida ses troupes à travers les rases lignes de la plaine. Il quitta son domaine sous les hourras des villageois, et quand il revint, un mois plus tard, sur quatre jambes, on laissa le jeune général éclopé rejoindre sa chambre sans poser de questions. Il apprit lentement à tenir sur ce corps de bois, haïssant ses cannes. Le temps passa sur lui comme une eau glacée : il devint maigre et tendu, ne souffrant plus de ses jambes mais de son âme. Lorsque Josèphe tomba enceinte, oui, elle « tomba » enceinte comme on tombe d'une chaise, un enfant tout d'un coup promit de rallumer des feux de joie dans ce vaste domaine où l'écho des chevaux et des oiseaux ne trouvait aucune réponse dans la bouche des hommes.

Soudain un espoir.

Josèphe voulut qu'il voie dans ce nouveau-né le début d'une autre vie, une vie qu'il ne pourrait jamais quitter pour la guerre, les garnisons, les honneurs d'uniforme. Amand reprit goût aux sourires discrets, aux très courtes promenades d'un bout à l'autre de la terrasse, il demanda qu'on cuisine, comme avant, des hampes grasses aux pommes, et à mesure qu'Aimée grandissait, qu'elle prenait de l'âge, des sons, des gestes, il rajeunit, s'accordant le pardon qu'il tenait barricadé dans ses silences et son immobilité.

Peu après le premier anniversaire d'Aimée, Claude, neveu du couple Deville, fut envoyé chez son oncle et sa tante, loin des querelles de ses parents. L'enfant fut placé sous la protection d'Amand et Josèphe, le temps de « régler des affaires sans un petit dans les pattes ». Claude devait rester là deux mois, il s'installa vingt ans, jusqu'au mariage de sa cousine.

D'une enfant calme et douce, on passait à deux diables qui riaient avant d'aller dormir. Claude, potelé, tournait autour de son oncle comme une abeille, vrombissant, et le jour où il ouvrit la vitrine pour s'emparer de l'épée, son oncle vit dans ses grands yeux noirs la flamme terrible et sauvage de ceux qui aiment combattre. C'était une expression rare dans le regard d'un enfant, mais Amand la reconnut aussitôt. Son corps si petit et ses doigts si maladroits autour d'une lame dans son fourreau, cet air qui disait tout. Claude défiait son oncle et, ensemble, pour la première fois depuis son retour de guerre, ils firent l'inventaire de sa panoplie.

Chaque matin, ils se retrouvaient dans le couloir, assis par terre, détaillant chaque boucle, chaque arabesque gravée, inspectant le fourreau, apprenant les différentes parties de la carabine, les manières de la porter à l'épaule, au dos, en joue. Claude, d'ordinaire si vif, fixait les reliques militaires aussi immobile et concentré qu'un oiseau de proie. L'oncle désignait chaque élément du doigt :

– C'est un écusson, on doit savoir le coudre soi-même, avec du fil triplé pour qu'il ne se perde pas.

Quand elle les voyait ainsi dans le couloir, Josèphe serrait sa fille dans ses bras, terrifiée d'apprendre, si tôt, que Claude s'engouffrait dans les mêmes ténèbres. Elle tenait Aimée loin de cette drôle de réunion, où l'oncle, en tailleur, lissait la jaquette de sa veste militaire avec une tendresse que Josèphe ne lui avait pas connue : quand il passait la main sur le corps de sa femme, il était moins doux, moins attendri.

Amand fut sauvé par cette leçon quotidienne que réclamait son neveu. Claude ne parlait jamais d'autre chose que des armes, des coups, des victoires du général, il voulait monter à cheval, il disait, les yeux bordés par des larmes de colère et de défi « on ne le dira pas à Josèphe, ce sera notre secret, s'il te plaît mon oncle » et Amand soupirait. Non, l'enfant n'irait pas à cheval avant ses huit ans, non il ne jouerait pas avec l'épée ni la carabine, non la force ne se gagnait pas à la grande gueule mais à l'attente et au sang-froid. Claude, mécontent, grognait : il n'imaginait pas qu'on puisse lui refuser quoi que ce soit. Josèphe pensait que c'était à cause de ses parents, on l'avait déposé ici comme on dépose un enfant le temps d'aller faire les courses. Personne n'était venu le récupérer.

Un matin, alors qu'il s'excitait plus que d'habitude, son oncle lui souffla :

– Claude, si je te dis un secret, un secret de guerre, tu sauras le garder ? Tu sais, rien n'est plus important que la confiance entre deux soldats.

Claude se tut instantanément.

– Je crois que oui, mon oncle.

Amand se redressa, le petit l'imita.

– Je crois que tu en es capable, Claude. Mais pour être sûr, je te propose un marché : je te confie un secret, et tu m'en confies un. Ce sera entre nous. Entre deux soldats.

Claude buta de nouveau. Le caprice et l'honneur se disputaient en lui. Alors il baissa la tête bien bas. Quand Claude n'était pas d'accord, il privait Amand de ses yeux, de sa parole.

– Réfléchis bien, Claude.

– Mais je n'ai pas de secrets, mon oncle ! dit-il en caressant les boutons de l'uniforme étalé devant lui.

Amand sourit.

– Tu as raison. Alors je te pose une seule question, tu me réponds, et je te confie mon secret. Marché conclu, soldat ?

La nuque disparut, les cheveux partirent en arrière, et le visage de Claude, encore sanglé dans l'enfance, apparut, deux dents manquant.

– Marché conclu, mon général.

– Est-ce qu'il y avait du bruit chez toi la nuit ? Quand tu étais dans ta chambre, à côté de celle de tes parents.

Claude dodelina.

– Non.

– Tu es bien sûr ?

– Oui.

Derrière la porte, Josèphe soupira.

– D'accord. À mon tour alors.

Amand prit une longue inspiration.

– Je n'ai pas été blessé à la guerre, Claude. Je suis parti faire la guerre, mais je n'ai pas eu le temps d'y participer.

Son neveu devint blême.

– Mon oncle, je ne comprends pas.

– Mon cheval est tombé.

La voix fut prise dans un souffle. Josèphe voulut couper court à la conversation, mais Amand fixait son neveu comme on fixe le Christ en prière.

– Les chevaux ne tombent pas, ricana le neveu. C'est impossible, ils sont trop forts pour ça.

La bouche d'Amand tremblait.

– Tu penses que ce qui est fort ne tombe pas ?

– Si on est fort, on ne tombe pas, conclut l'enfant, très fier de lui.

Amand soupira, replia les manches de la veste sur les boutons d'or et se leva. Surpris, Claude, ne sachant quoi dire ni quoi faire, continua de brosser le fourreau du sabre, l'œil rivé sur son oncle qui longeait le couloir, une main sur la nuque.

– Claude. Il faut que tu comprennes quelque chose. C'est très important.

L'enfant tendit le cou.

– Si tu tombes en courant dans le jardin, que tu te fais mal, est-ce de ta faute ?

– Tu veux dire, si je suis seul ? Si tu me fais un croche-pied, c'est de ta faute.

Amand sourit.

– Oui, c'est de ma faute. Mais si tu es seul ?

– Peut-être que ce n'est pas ma faute.

– Très bien. Imaginons que tu t'entraves, tu tombes, et tu t'écorches. Cela est déjà arrivé, n'est-ce pas ?

– Oui ! Mais je n'ai pas pleuré ! Tu peux demander à Josèphe, je n'ai pas pleuré !

Amand sentit la colère monter aux joues si roses de son neveu.

– Je n'en doute pas, mon petit. Et tu t'es relevé ?

– Oui.

– Seul ?

Claude se tenait en tailleur, son pantalon de laine, bleu marine, lui donnait des airs de matelot. Le bouton de son gilet pendait à son cou. *Un petit soldat débraillé*, pensa Amand.

– Josèphe m'a relevé, soupira-t-il.

– Mais pourtant tu es fort comme un lion !

– Je ne sais pas, je n'ai jamais vu de lion.

– Ce que je veux dire, c'est que mon cheval, comme toi, dans le jardin, a été entravé.

Claude déplia ses jambes minuscules, grinça des dents en se levant et vint s'asseoir à côté de son oncle. De cette manière, Amand ne le regardait pas dans les yeux. Ils fixaient l'uniforme.

– Les chevaux peuvent tomber, alors ?

– Oui.

– Et tu es tombé aussi ?

– Oui.

Claude avisa les cannes appuyées contre le mur.

– Les jambes de bois t'ont aidé à te relever ?

– On peut dire ça.

Dans sa chambre, Josèphe tremblait. Elle ne reconnaissait pas la voix de son époux, il parlait si bas, si durement.

– Tu revenais de la guerre quand c'est arrivé ?

– Non, Claude. C'est cela, mon secret.

Alors il attrapa l'enfant sous les bras, le hissa au-dessus de ses genoux et l'assit devant lui.

– Je n'ai pas eu le temps de faire la guerre. Cet uniforme n'a pas connu l'ennemi.

Il tint Claude entre ses mains osseuses un long moment. L'enfant ne le regardait pas. Même les oiseaux s'étaient tus dans le toit. Amand avança la tête et posa son front contre le dos de Claude. On aurait dit un moine.

– Mon oncle, il n'y avait pas de bruit chez moi le soir, parce que mon père n'était pas là. Et ma mère dormait tout le temps.

Amand ouvrit les yeux.

– Est-ce que tu es bien ici, Claude ?

– Oui.

– Est-ce que ça te dérangerait de rester un peu plus longtemps ?

– Je ne crois pas.

Alors Amand l'enserra, les deux mains liées contre sa poitrine, ses cheveux dans les siens, pendant quelques secondes ils ne firent plus qu'un seul drôle de corps, vieillard et enfant, blessure et secret révélés dans un couloir froid.

Ainsi, le commandant n'avait pas eu le temps de commander. Sa gloire avait été écrasée sous le poids du cheval. En tombant, l'animal l'avait blessé deux fois : aux jambes et au cœur.

Claude et Aimée grandirent sous l'œil d'un soldat brisé et d'une mère dévouée, qui tenait sa maison et ses habitants comme des chiots dans un torchon, nouant sur eux les quatre coins pour qu'ils n'en tombent jamais. L'enfance des deux cousins n'en finissait pas, ils vivaient dans les larges allées, Amand n'était pas un homme sévère. Pendant qu'il retrouvait peu à peu son sourire et quelques maigres forces, son domaine s'engonça dans l'immobilité : bientôt, il faudrait marier la petite et aiguiser Claude. Aimée était intelligente, son cousin lui avait appris le sens de la repartie, mais une jeune fille de son rang, capable de telles paroles, effrayait les hommes. Un père militaire, un cousin trop présent, le poids du clos Deville, il n'y avait qu'un homme d'armes ou de propriétés pour tenter sa chance.

Avant Candre, deux autres jeunes hommes s'étaient présentés au clos, désirant parler au père, déroulant la liste de leurs atouts, terres, bêtes, fermes, auberges, magasins, presses, ces hommes-là pesaient lourd à la banque, et dans les yeux noirs des garçons des forêts, le pouvoir luisait férocement. Amand sentait chez eux la violence des forts d'argent, comme on sent chez un jeune chien la morsure prochaine. Les deux garçons rencontrèrent Aimée, qui avait à peine dix-huit ans. D'une beauté simple, elle suivait l'avis de son cousin, prolongeant l'enfance facile, sachant qu'il faudrait bientôt la quitter pour une autre maison, où elle aurait un mari, des domestiques, et bien sûr, des enfants. Avant d'abandonner sa propre innocence, elle se terra derrière les hauts murs de la demeure familiale, protégée par son cousin, futur militaire qui dérobait aux femmes ce qu'il accordait à sa cousine : sa bonne figure, son respect joyeux et tendre.

Aimée et Candre seraient mariés dans deux semaines. Tout était prêt.

– Je crois qu'il y a des questions que vous désirez poser, et que vous n'osez pas poser.

– Qu'est-ce qui vous fait dire cela ? répondit-elle, piquée au vif.

Candre se redressa et, sans la regarder – quelle manie chez lui –, il fixa au-devant d'eux un point à l'horizon.

– Aujourd'hui nous sommes assis sur ce banc. Dans deux semaines nous partagerons la même couche. Si des questions doivent être posées, il faut qu'elles le soient maintenant.

Aimée tressaillit. Depuis des jours elle imaginait, le soir, ce que ce serait de se mettre au lit avec un homme. Candre lui plaisait, mais l'amour véritable ne venait pas. Elle ne s'en était pas inquiétée : Claude répétait en riant que les hommes, pour une fois, allaient plus vite que les femmes dans un certain domaine, et que c'était une bonne chose de ne pas être une femme aussi rapide qu'un homme dans ce domaine-là. Adolescents, le cousin et la cousine se faufilaient derrière l'écurie quand on faisait venir les étalons pour engrosser les juments, ils assistaient à la montée par-derrière. Claude une fois s'était amusé à pincer sa cousine pendant qu'elle fixait, bouche bée, l'énorme sexe du mâle, d'un rose couleur de robe, disparaissant dans la fente de la jument, qu'on tenait aux mors pendant quelques minutes avant que l'étalon ne retombe lourdement, abattu et vidé. Ce spectacle l'avait plongée dans un trouble profond : son cousin, gaillard et fier de son effet, s'était empressé de courtiser, en riant, sa cousine, répétant que bientôt ce serait son tour mais, par chance, on ne tenait pas les jeunes filles aux mors, et Aimée avait fondu en larmes. Claude s'était empressé de la consoler, s'excusant du mauvais tour, et quand ils étaient rentrés pour dîner Aimée n'avait rien dit de tout le trajet, la tête pleine de cette pauvre jument à la croupe alourdie par le poids du mâle. Les semaines suivantes, Claude n'avait cessé de remettre le sujet sur le tapis, et plus il racontait que les hommes étaient différents, que c'était une chose naturelle et parfois très agréable, plus Aimée fermait son ventre, le nouait, le barricadait. Il avait fini par ne plus rien dire du tout, devant le mutisme terrifié de sa cousine qui s'éloigna, pendant quelques semaines, de leurs jeux et de leurs secrets.

Après le spectacle des chevaux, Aimée cultiva en

elle-même mille images, où son corps se métamorphosait, devenant monstrueux. Elle s'imaginait des sabots pousser à la place des pieds, une croupe de jument grossir ses fesses encore plates, un poil brun recouvrir sa peau en des endroits qu'elle n'explorait jamais, et dans ses cauchemars, la nuit, ce corps mi-fille mi-jument était la proie d'un étalon aux yeux de flammes, qui parlait la langue des hommes et la serrait avec des mains de garçon de ferme. Son propre sexe était un territoire sauvage, caché entre ses cuisses musclées par des jeux d'extérieur; son sexe était un trait tiré droitement sous son ventre et elle n'imaginait pas qu'il faudrait bientôt écarter cette ligne pour y construire un enfant. Candre serait bientôt cet homme, cet ouvrier du corps. Il faudrait lui ouvrir son lit, ses bras, ses jambes, le trait deviendrait une fente chaude jusqu'à ce que l'avenir se dessine à la surface de son nombril.

– Alors? la relança Candre.

– Qu'est-il arrivé exactement à votre femme? demanda brusquement Aimée, se tournant franchement vers lui.

À l'œil de Candre, une paupière frémit.

– Nous nous sommes mariés à l'église des Saints-Frères, il y a un peu moins de deux ans. Le temps ressemblait à celui que nous avons aujourd'hui.

Sa main caressa un animal invisible sur ses genoux.

– Aleth était une jeune femme très belle, très courtisée. Trois mois après la cérémonie, elle eut des toux qui n'en finissaient pas. Nous fîmes venir le médecin, qui conseilla de l'envoyer en Suisse, se faire soigner dans un sanatorium, au grand air.

Il marqua une pause.

– Elle est morte dix jours après son départ. Nous l'avons enterrée dans le cimetière des Saints-Frères.

« Morte ». Aimée sentit son cœur se replier dans sa poitrine. Cette femme était « morte ». Pas « partie » ni « au ciel », « morte ». Il n'avait qu'un mot, dur et terrien, qu'on employait d'ordinaire pour les animaux et les fleurs. Morte.

– Vous avez bien fait de poser la question.

Aimée aurait voulu rebrousser chemin, revenir sur ses propres paroles.

– Et vous, reprit-elle, pour mettre fin au sortilège qui s'abattait sur eux, avez-vous des questions à me poser ?

Un léger sourire, à peine perceptible, défit l'expression de douleur qui tendait le visage de Candre.

– Avez-vous déjà connu un homme ?

Aimée écarquilla les yeux. Comment osait-il ? Immobile, le visage impassible, les cheveux noirs tirés en arrière, il surplombait de tout son silence le corps vierge d'Aimée. Elle fit mine de se lever, mais il la retint par le bras. Alors elle secoua la tête, comme un cheval qui souhaite quitter la route où l'attend son maître, et dans cette réponse qui l'humiliait elle sentit qu'un basculement se produisait : il n'y avait plus de secret entre eux. Ainsi commença la vie effrayante, avec cet homme dont elle ne connaissait rien.

Ils ne furent pas mariés en l'église des Saints-Frères. Jeanne Marchère était morte sous ses vitraux, et des années plus tard, Candre avait épousé Aleth sous ces mêmes couleurs. La cérémonie eut lieu dans la petite chapelle que fréquentaient les Deville.

On décora la porte de couronnes de fleurs blanches, les bancs furent garnis d'étoffes et les bibles recousues. Les fleurs et les coussins furent les seuls ornements que Candre accepta : il n'y aurait point de cris de joie, de lancers de bouquet, ni aucune décoration aux croupes des chevaux. Le cocher ne porterait pas de pourpoint rouge. En préparant le mariage, Aimée comprit que son futur mari n'aimait pas la musique, sauf celle de l'orgue, des psaumes et des chants sacrés. Il craignait les voix fortes, la foule l'angoissait : hors jour de messe, il n'acceptait pas de se trouver au milieu d'un événement populaire. La foire aux chevaux faisait exception ; une fois marié, il laisserait le soin à son palefrenier de s'y rendre.

Une vingtaine de personnes assistèrent à la cérémonie : du côté de Candre, aucun membre de la famille de sang n'était présent. Henria, la bonne et nourrice, accompagnée de son fils, Angelin, domestique au domaine Marchère, occupaient le premier rang, d'ordinaire réservé aux pères et mères, frères et sœurs.

Candre remonta l'allée, seul, tendit son front à Henria qui le marqua d'un long baiser. On entendit les premières notes d'un orgue, puis Aimée, au bras de son père, apparut dans l'arc de la porte. Amand avait abandonné sa canne et il s'accrochait au coude de sa fille. La robe, très simple, sans voile, doublée à la taille, engloutissait Aimée dans une dentelle à deux points. Ses cheveux étaient relevés, tenus par des épingles de bois offertes par Candre. Ils les avaient fait tailler dans ses ateliers, et maintenant, piqué dans les cheveux d'Aimée, un morceau de la forêt s'était glissé dans le corps de la jeune mariée.

Tête baissée, mains sur les cuisses, le fils d'Henria offrait à la nouvelle maîtresse de maison un crâne aux cheveux clairs et courts. Sa nuque semblait longue sur ses épaules dont, d'où elle se tenait, Aimée devinait la largeur et la robustesse ; elle voyait la naissance du cou s'élargir entre les omoplates, comme un lit de rivière sous la chemise repassée.

La présence de ce jeune homme au premier rang lui parut étrange, presque déplacée : elle avait, près d'elle, un garçon de son âge, au corps aussi leste et musclé que celui de son cousin. Avant que le prêtre n'ouvre la voie, le garçon leva un œil sur le couple : son regard croisa, très brièvement, celui d'Aimée, puis s'égara dans les dalles de la chapelle. Ses yeux fuyaient la femme de Candre. Aimée sentait le poids du maître, mais autre chose aussi, qu'elle n'expliquait pas. Il n'avait rien d'un gosse ou d'un idiot : ses pommettes étaient giflées par le froid, son front, fin et lisse sur ses sourcils, battait comme une aile d'oiseau, les yeux, longs et bruns, couraient jusqu'à la naissance des cheveux, plus clairs, et son nez, légèrement retroussé, apaisait ce visage d'homme de vent et de forêt. Il restait sur sa figure une trace d'innocence, que sa bouche fermée, aux lèvres pleines, presque trop pour un homme, retenait. Pendant qu'on la mariait à Candre, Aimée pensa que le garçon du domaine était beau, plus qu'aucun homme de son entourage. Il habillait le premier rang de ce corps vif et silencieux, on imaginait, sans peine et sans paroles, l'énergie retenue dans cette allée, les muscles sous la chemise. Angelin était d'une beauté singulière, évidente ; mais Aimée semblait la seule à la voir.

Henria admirait Candre. Le spectacle de ce mariage l'emplissait d'une joie visible, elle paraissait plus émue que le futur époux ; ses mains jointes sur ses genoux frottaient la jupe épaisse, elle exultait sous les vitraux.

On chanta le *Cantique des cantiques*. Le prêtre, celui de la première communion d'Aimée, étirait un pauvre sourire où Claude lisait la vieillesse malade. Combien de jeunes femmes furent mariées sous ses mots, et combien de ces jeunes femmes étaient heureuses à présent ? Combien d'enfants avait-il baptisés ? Lesquels étaient devenus des hommes dévorés par les bois, l'argent, la mitraille ? Le prêtre fatiguait. Il maria les jeunes gens d'une voix lasse, jeta un coup d'œil bienveillant à la fille Deville qui quittait, dans un baiser tiède, son nom de famille pour celui d'un autre. On chanta encore une fois, puis M. et Mme Marchère quittèrent l'église, montèrent dans le cabriolet et filèrent jusqu'au clos Deville. On s'y retrouverait avant de rejoindre définitivement le domaine de Candre, retranché dans ses bois aux cornes de brume, aux pattes racineuses, aux chemins enfoncés dans la terre comme des plaies.

Pendant qu'Aimée, donnant la main aux uns et aux autres, arpentait une dernière fois ses terres d'enfance, on chargea les bagages à l'arrière d'une seconde voiture tirée par trois percherons superbes, et avant que les cloches ne sonnent cinq coups, le nouveau couple s'évanouit dans le crépuscule, le bruit des sabots et de la vie nouvelle, loin, ailleurs.

Aimée reçut un coup au cœur.
Devant le muret de pierres noires que des fourmis rouges ratissaient par milliers, Henria attendait que le cocher décoffre les malles, et lorsqu'on eut vidé la deuxième voiture, Candre prit sa femme au bras et la mena, telle une bête, par le tour du petit parc.

Pour accéder à la porte principale, l'escalier serpentait entre des carrés de pelouse piqués de rosiers, des massifs de tulipes et de jacinthes. Un bassin octogonal occupait le centre du parc. Candre préféra, pour l'entrée d'Aimée en sa demeure, emprunter un chemin plus long mais moins irrégulier. Ils prirent côte à côte le prolongement de l'allée qui tournait en un grand *C* inversé autour du parc, ombragé par deux chênes sous lesquels Aimée s'imagina se reposer, l'été, quand la chaleur poserait son couvercle de fonte sur la forêt d'Or. Tandis qu'ils contournaient la pelouse, Henria portait à bout de bras les valises, solidement attachées à ses mains tranchantes. Elle paraissait grosse et lourdaude, mais dans son pas, Aimée reconnut la force des chevaux de trait et des bourreaux de place publique : la servante cheminait par l'escalier, avec une grâce assez singulière pour une femme de son rang. Aimée pensa qu'elle connaissait par cœur ces gestes, que c'était ici son domaine et le lieu de toutes ses forces. Du jardin rien n'entravait sa marche malgré le poids des bagages, elle appartenait à ces massifs, à cette maison, elle faisait corps avec la pierre.

Un paysage de couleurs sombres s'étalait jusqu'au portail. Tout autour du domaine, rien que les bois. Au loin, on entendait à peine le bourdonnement des ateliers. La jeune femme se maintint au bras de son mari comme à la rambarde d'un navire : la forêt l'étouffait, les fleurs l'agressaient. Tout l'oppressait. Sa peau sous sa robe gonflait. Il lui semblait que la vie humaine avait déserté ces terres, que les larges étendues de son enfance au clos Deville s'éloignaient. De là où elle se trouvait Aimée ne voyait que des bois, serrés, du vert et du noir jusqu'à l'horizon, même la route engloutie à grands sabots paraissait invisible. Il ne subsistait dans ce paysage terrible aucune trace d'humanité, sinon le souffle régulier de ce mari qu'elle connaissait à peine.

– Candre, je voudrais m'allonger quelques minutes. La journée m'a fatiguée.

Inquiet, il enserra son buste. Sa main, qu'Aimée

pensait fragile et légère, lui sembla forte sur ses épaules. Candre s'engouffra dans le salon donnant sur la terrasse, elle suivait docilement, sa vue se brouillait, sa robe pesait sur son ventre.

– Pouvez-vous monter l'escalier ou dois-je vous porter ?

Elle n'eut pas le temps de répondre que ses pieds quittèrent le sol et sa tête bascula en arrière. Tout à coup, elle était dans les bras de son époux comme un chien de chasse ramassé par son maître. Son mari, qu'elle avait cru si frêle, parut soudain doué de force. Portée ainsi, ses jupons gonflés, le détail des boiseries de l'escalier, des tapisseries du premier étage et des plafonds lui apparut nettement. Le flou autour d'elle accentuait les fleurs gravées, les visages encadrés d'or, les nervures se révélaient à mesure que la lumière du jour baissait à travers les vitres fouettées par le lierre.

Au premier étage, un souffle d'air rafraîchit le visage blême d'Aimée. Candre la déposa en douceur sur une méridienne étoffée d'un long coussin de laine bleu. Un lit, haut et large, occupait le centre de la pièce, de chaque côté les fenêtres, rondes, donnaient sur les bois, si bien que la forêt d'Or entrait dans cette chambre comme un chat par une chatière.

– Comment vous sentez-vous ?

Courbée sur elle, Candre inspectait son visage, lui tenait la main, prenait le pouls à son poignet.

– Je suis si fatiguée.

Allongée dans sa robe, Aimée frissonna dans le

soir qui tombait. Candre étendit sur elle une couverture épaisse, déposa sur son front un baiser rapide et chuchota :

– Reposez-vous. Henria vous apporte à boire.

Puis il disparut.

Aimée voulut se reposer mais elle n'y parvint pas. Ses yeux restaient ouverts, cherchaient dans la décoration de sa nouvelle chambre un détail familier, une fresque qu'elle aurait trouvée belle. Tout était propre, le parquet luisait, les œils-de-bœuf lançaient de vagues ombres, un grand miroir ferré occupait le rebord d'une cheminée éteinte, et sur les tables de chevet deux vases contenaient des bouquets de branches aux feuilles larges. L'édredon, d'un beige piqué de fils dorés, gonflait le lit. Aimée se leva avec difficulté, avança prudemment jusqu'à sa couche et tomba dessus comme une pierre dans l'eau. Elle s'enfonça lentement dans le linge frais, l'odeur de résine qui passait par la fenêtre l'étourdit un peu, elle se sentit partir, puis la porte grinça et une silhouette apparut.

– Vous êtes là... soupira-t-elle, essayant de se relever.

– Ne bougez pas, ordonna Henria.

Sa voix était à la fois claire et dure. Un léger accent teintait les mots, Aimée comprit « ne bouchey pas ». Henria tenait un plateau d'une main, de l'autre elle fit boire la jeune femme comme un poulain malade.

– J'ai mélangé un peu de menthe et de basilic, pour vous redonner des forces.

L'eau était glacée. La sensation restait comme une lame sur la langue. Henria se retira aussi vite qu'elle était apparue. Aimée crut qu'elle avait rêvé son passage, mais le goût de menthe, d'écorce presque, persistait dans sa gorge.

À l'église, elle n'avait pas pris le temps de regarder la bonne. Angelin, son fils, à ses côtés, avait retenu toute son attention. Ici, dans cette chambre, Henria lui parut plus grande, plus large qu'en son souvenir. Aimée se rappela sa silhouette dans l'escalier devant la maison, avec ses valises. Elle avait gravi cette pente, chargée comme une mule, en vitesse.

À présent, Aimée comprit ce qui unissait Candre à sa bonne : elle l'avait protégé, aimé et élevé comme une mère. Même elle, ne la connaissant point, se sentait rassurée en sa présence. Tout d'un coup, le domaine devint moins silencieux, moins noir. Henria était là. Elle l'aiderait, elle répondrait à ses questions. Et puis ce drôle de fils, du même âge qu'elle ou presque, lui montrerait les écuries et les chemins.

Aimée s'extirpa de l'édredon, encore fragile sur ses jambes. Le crépuscule fuyait. Elle avisa une porte étroite à gauche de la cheminée, et devina sans peine qu'elle donnait sur une autre chambre : celle de Candre. Ainsi, ils ne partageraient pas le lit chaque nuit. De l'autre côté de la pièce, face à la cheminée, ses malles avaient été rangées les unes à côté des autres, et, à sa grande surprise, ouvertes. On eût dit trois grandes bouches à la langue blanche. Cependant, rien n'avait été touché, déplié, fouillé. Aimée s'agenouilla devant ses corsages et ses linges de peau, elle enfonça ses mains dans les dentelles et les laines dont les couleurs vives juraient avec celles de cette chambre. Au fond de chaque valise, Josèphe avait disposé de petits sachets de pétales et d'amandes : l'odeur la ramena à son lit d'enfance, au premier étage du clos Deville, et elle se demanda si elle reverrait, un jour, cette chambre-là.

Un froissement la tira de sa réflexion : elle se releva prestement, et vit, à travers la fenêtre, sous le chêne immense, Angelin qui revenait des écuries. Un instant, il s'immobilisa ; Aimée recula vivement, honteuse, revint à ses malles où l'odeur d'amandes et de fleurs mourait doucement, tandis que dans sa gorge, la potion d'Henria l'imprégnait toujours. Son palais était pris, elle sentait le goût et l'odeur de menthe et de basilic parcourir sa mâchoire, monter dans ses tempes et ses sinus. La tête lui tournait : elle voulait tenir debout, pour son mari qui viendrait, dans quelques heures, pour cette première nuit d'après mariage ; elle le savait, il viendrait parce que la cérémonie le lui autorisait et même l'obligeait à prendre son corps de jeune femme.

Elle pensa, en s'allongeant de nouveau, que les mariées devaient toutes sentir la tête et le corps s'amollir de cette manière, quand elles entraient dans des lieux nouveaux où elles seraient, le soir même, liées à leurs époux comme à personne d'autre auparavant. Cela devait se faire, et cela se ferait.

Le lendemain, quand elle s'éveilla, la tête lourde et le corps fatigué, le soleil brillait à travers la vitre.

Au petit salon, Candre l'attendait en lisant le journal, un léger sourire glissait sur ses lèvres et Aimée en fut touchée. Sur la table, des tartines à peine beurrées, grillées aux angles et couvertes de miel réveillèrent son appétit. Le café fumait. Son odeur imprégnait la pièce depuis la cuisine. Une orange reposait sur une assiette en porcelaine, et une crème épaisse, brassée, piquée d'un biscuit long au citron, moussait dans un bol en grès.

– C'est exactement le petit déjeuner de mon enfance, murmura Aimée.

Candre plia son journal, victorieux.

– Votre mère m'a fait la liste de ce que vous aimez. Si vous désirez quoi que ce soit d'autre, Henria s'en chargera.

Aimée se sentit affamée. Elle dévora sous le regard

amusé de son mari qui, comme à son habitude, mangeait peu. Un grand verre d'eau où nageaient des brins de basilic, deux tranches de pain noir très légèrement tartinées.

– J'ai l'impression d'être une ogresse, soufflat-elle, une fois qu'elle eut terminé son assiette.

– Prenez des forces, vous en aurez besoin.

Candre s'était légèrement tourné vers la vitre. La lumière l'éclaboussait, ses paupières tremblaient légèrement, son cou bien droit lui faisait une tête démesurément longue et calme, celle d'un oiseau au bord d'une rivière, un héron attentif, à l'affût.

– Vous n'êtes pas venu, cette nuit, murmura-t-elle.

Le silence s'installa autour de la table, de l'autre côté on entendait Henria dans la cuisine mais elle n'apparut jamais.

– Vous étiez fatiguée. Ça n'aurait pas été un moment facile. Ni pour vous, ni pour moi.

L'horloge sonna neuf heures. Candre étira ses bras, massa ses tempes et quitta la table, sa main passa doucement sur l'épaule de sa femme et s'y attarda.

– À tout à l'heure, Aimée.

Chaque semaine, Candre réunissait dans le salon le bûcheron le plus âgé de sa troupe et le plus jeune, ainsi que les gardes forestiers, le responsable du portage, son notaire, le maître scieur de l'atelier et le médecin de Saints-Frères. Henria était des leurs : elle servait, rangeait, puis, à l'écart, elle écoutait, sans un mot, hochant parfois la tête, jetant des yeux attentifs et sévères quand le maître des lieux lui demandait, sans un mot, d'un signe de la tête, son avis.

La petite assemblée, toute crottée, comptait ses bois, ses exportations, ses planches, ses hectares, on devisait des achats de la semaine finie, de celle qui commençait, on désignait les gardes, on jugeait des nouveaux ouvriers, des cageux de passage employés sur les cours d'eau pour la descente des rondins, on conseillait de réduire la cadence, l'automne serait rude, les hommes avaient besoin de repos.

Lors de la première réunion après le mariage, le

plus jeune des ouvriers expliqua qu'à cinquante kilomètres de là, on mettait en place un camp forestier pour loger les recrues sur place tout le temps que durerait l'abattage. Candre l'écouta longuement, l'interrogea plusieurs fois, il voulait savoir, très précisément, à quoi ressemblait ce camp, si les maladies emportaient les jeunes inexpérimentés, s'il risquait de voir débarquer dans son château des hommes recherchés ; Candre tenait à ce que chaque âme engagée dans ses bois n'amène pas « la mauvaise vie ».

– Nous y réfléchirons, conclut-il en se tournant vers Henria.

La bonne acquiesça. Elle tourna les talons, et avec son geste, la séance fut levée.

Aimée n'avait jamais vu tant d'hommes de conditions et de corps si différents. Jusqu'ici, elle avait côtoyé la fragilité de son père et la fougue de son cousin. À la foire, on parlait dans son dos, mais Amand et Claude la protégeaient de tout, elle était la fille et la cousine, l'héritière et l'amie de sang. La venue de Candre dans ce monde restreint avait provoqué en elle un tremblement délicat. Il était si fin de corps et de parole, si féminin dans le soin qu'il apportait à son habit. Si puissant dans l'héritage qu'il gérait, des hommes qu'il conduisait, des forêts qu'il taillait à la seule hache de son nom de famille. Amand avait raison : l'héritier n'était ni un homme des bois, ni un homme de guerre. Aimée ne l'aurait pas décrit non plus comme un homme d'affaires : il évoluait entre ses ouvriers et sa domestique avec une aisance que chacun respectait.

De temps à autre, Angelin, qui n'entrait jamais dans la maison, traversait le jardin par la gauche et se faufilait derrière la demeure : elle ne discernait pas son visage, n'entendait ni sa voix ni son pas, il vivait là sans être vu, comme un animal. Henria ne prononçait pas son nom, Candre ne parlait pas du jeune homme qui vivait sur sa terre, élevé par la même femme. Ils étaient frères de lieu : Angelin, fils biologique d'Henria et Léonce, était né dans le logis de chasse, après la mort de Jeanne Marchère. Henria avait élevé les deux enfants, l'orphelin et son propre fils, mais pas de la même manière. L'un dormait au château, l'autre au logis. L'un suivait les classes d'un précepteur, l'autre ratissait les écuries. Ils ne jouaient pas ensemble. Quand Candre lui parlait, Angelin baissait les yeux ; le maître cherchait son regard mais le fils de sang se tassait sur lui-même. La mère l'appelait vite, le grondait, le poussait. Elle avait envers son fils des gestes qu'elle s'interdisait avec l'héritier.

Les rares fois où Aimée avait aperçu le garçon, Angelin louvoyait entre les massifs de plantes, il se cachait, invisible, inaudible, sa présence à l'église fut leur seul moment. Le fils d'Henria appartenait à un monde souterrain, et son corps ressemblait à la nuit. Elle le sentait peser sur le domaine, mais toujours il se dérobait à sa main.

Aimée accueillait les hommes de Candre chaque semaine, et plus le temps avançait, plus ils prenaient avec elle quelques accommodements simples et honnêtes : ils la saluaient d'un signe de la main, les plus braves abaissaient leur casquette. Une fille pareille c'était une nouveauté, après la mort de Mme Aleth. Alors on faisait attention à ne pas la brusquer, mais jamais personne, à part Candre et Henria, ne lui adressait la parole. Ces hommes, rassemblés au milieu de cette pelouse d'un vert plein d'orage et de givre, ces hommes, malgré la nouveauté de leurs voix, de leurs allures, ces hommes ne lui procurèrent aucune émotion : elle était amusée, mais pas troublée. Rien ne se produisait en elle : son corps, si beau dans ses robes, ne répondait pas aux chamailleries du désir. Elle n'en ressentait pas la brûlure, n'en comprenait pas les indices. Elle échappait aux filets qu'ils jetaient sur elle ; bientôt, le cortège des mâles sous sa fenêtre devint une simple distraction. Au bout d'un mois, le corps des hommes était, pour elle, comme un rosier, un insecte ou une couleur du ciel. Une jolie habitude, un spectacle recommencé, en surface de ses émotions tel un gros nénuphar aux feuilles sans relief, dont la fleur peinait à éclore.

Candre vint dans sa chambre quatre jours après son arrivée au domaine.

Aimée s'était demandé quand cela arriverait : son absence après la première nuit l'avait étonnée. Jusqu'à ce qu'il pousse la porte, elle s'était imaginée qu'il ne la désirait pas, qu'elle avait commis une faute pendant ces premiers jours, sans savoir laquelle.

Quatre nuits, seule, dans ce lit immense aux couvertures chaudes. La fenêtre restait ouverte : le soir, le vent soufflait sur le parquet, poussait l'édredon, enveloppait Aimée quand elle lisait, penchée sur son fauteuil. Parfois, elle imaginait que les arbres attendaient qu'elle s'endorme pour se réfugier à l'intérieur et déguerpir à l'aube. Aimée s'était habituée aux effluves des bois, elle s'en trouvait désormais rassurée ; comme on s'habitue au parfum d'une mère ou d'une nourrice, elle s'était remplie de ce fleuve invisible. L'air semblait avoir toujours reposé dans ce macérat d'herbe et d'écorce. Les jours d'orage l'odeur donnait le tournis, fatiguait les muscles, brouillait les idées. Les nuits passèrent vite et Aimée eut la sensation de n'avoir jamais connu d'autre parfum que celui des sapins, tout son corps tremblait de contenir ce que les bois laissaient derrière eux. Elle était pleine de la forêt. Mais Candre, lui, ne venait pas.

Il apparut au soir du quatrième jour. Habillé d'une robe de chambre rouge foncé – de la même couleur que les grands *M* marqués aux troncs des sapins –, il avait fermé la porte derrière lui. Dans son lit, Aimée s'était redressée, les jambes ramenées contre elle. Candre attendit devant la cheminée qu'elle dise un mot pour la rejoindre. Près d'elle, il défit l'étoffe pourpre serrée autour de sa taille : il portait dessous un maillot très fin, à manches longues, comme en ont les gymnastes à la foire, sous le chapiteau, et un bas large, aux chevilles. Aimée ne voyait de son corps que les malléoles, les pieds étroits, les clavicules. Sous cet habit de nuit blanc, sa peau paraissait plus foncée, on eût dit que le soleil était passé dessus. Il se glissa contre elle.

– Je ne veux pas vous faire peur, souffla-t-il, sans la toucher.

Couché sur le côté, le visage tourné vers elle et le bras par-dessus l'oreiller, il la regardait comme il l'avait regardée ce premier jour au clos Deville.

– Pourquoi n'êtes-vous pas venu hier ? Ou avant-hier ?

– J'ai pensé que vous aviez besoin de vous habituer à votre nouvelle maison, et à votre nouveau lit.

– Il me faudra encore du temps, dit-elle. Tout ici est très différent.

Candre soupira. Aimée crut qu'il allait quitter le lit mais à sa grande surprise, il passa la main sous la couverture, et caressa la chemise de nuit : du ventre il remonta sur la poitrine, du bout des doigts, jusqu'aux épaules. Il parcourut le corps de sa femme, regardant le trajet de sa propre main, sans insister mais sans se retirer. Aimée ne bougeait pas, pétrifiée, n'y trouvant ni plaisir ni dégoût ; comme lui elle regardait la paume qui glissait au-dessus du tissu tel un navire fantôme. Puis Candre se rapprocha brutalement : Aimée sentit contre elle son ventre plat, son torse qui poussait contre ses bras, l'obligeant à se tourner. Contre son dos, les épaules de son époux semblèrent plus musclées. Il ouvrit les bras et enveloppa la poitrine et le cou de sa femme, sans violence mais fermement, et sa main qui n'en finissait pas de courir sur Aimée agrippa la chemise et tira au-dessus du nombril comme un rideau.

C'était donc cela, un homme avec une femme. Aimée se souvint du cheval et de la jument, se souvint de l'haleine de son cousin dans son cou. Candre n'avait rien d'un animal violent. Il la tenait mais il prenait son temps : elle ne pouvait pas voir ses yeux, elle sentait dans son cou qu'elle abandonnait à la bouche de son mari ses cheveux, ses lèvres, son nez. Les jambes de Candre s'emmêlèrent aux siennes, puis entre ses cuisses qu'il écarta, il tenta d'enfouir son sexe dans celui, fermé, de son épouse. Un hoquet de douleur secoua la jeune femme mais il continua, sa main libre enserrait la poitrine d'Aimée. Il l'éperonnait sans un mot. Plus il cognait contre elle, plus elle sentait son sexe se replier comme un coquillage face à la violence des vagues. Bientôt, Candre relâcha les seins de sa femme, remonta sur son sexe son bas de nuit et se retourna de son côté, les joues légèrement marquées par l'effort. Vaincu, le visage défait. Aimée n'osait bouger. La chambre était si calme, la lumière si basse, rien ne remuait sinon le torse de Candre sous son maillot de corps.

– Nous réessayerons demain, dit-il en déposant au cou d'Aimée un baiser sec et rapide. Dormez bien.

Puis il se glissa hors du lit, revêtit sa robe de chambre. La porte communicante grinça doucement, et pourtant Aimée attendit que son sexe se relâche autour de son ventre, que la silhouette de Candre, imprimée sur les draps froissés, disparaisse. Au bout d'un long moment, elle s'autorisa à reprendre, enfin, sa place au centre de ce grand lit qu'elle ne partagerait avec son époux que pour être pénétrée et lui donner un enfant.

En elle, deux émotions la tinrent éveillée toute la nuit : le soulagement d'avoir pour elle un lieu qu'elle occuperait seule, et la détresse de ne pas avoir envie d'être prise par cet homme, ni par aucun autre, et de devoir, bientôt, souffrir sous l'amour qu'il faudrait bien accomplir, sans désir et sans feu.

Après leur première tentative, il était revenu « réessayer », dans la même position, vêtu de ses vêtements qui cachaient sa peau, retenaient son odeur. Ils échouèrent à nouveau et à nouveau il quitta la chambre sans violence et sans gêne, ne disant rien cette fois-ci. Au petit déjeuner, il était toujours cordial. Le jeune couple partageait café et tartines, et chaque fois, leurs yeux se perdaient dans les massifs du jardin. Lorsqu'il se levait pour rejoindre son bureau, Candre embrassait sa femme sur le front, lui pressait l'épaule ou la nuque. Il avait chaque jour pour elle, un geste sincère, amoureux, qui la surprenait tant il paraissait distant et ailleurs le reste de la journée. L'après-midi, ils se croisaient peu. Candre n'était pas inquiet : dans cet écrin, elle ne lui échapperait pas. Henria, aux heures de repas, les servait, le matin elle nettoyait les chambres, l'après-midi elle restait au logis si le jardin n'avait pas besoin de ses soins. Aimée ne lui parlait pas. Curieusement, depuis son arrivée, les choses se faisaient naturellement, elle n'avait pas à chercher, à fouiller, à demander. Toute chose demeurait à sa place naturelle, et si l'éloignement du monde de son enfance provoquait, parfois, des rêves noirs, elle se sentait chaque matin fière d'elle, au centre d'un nouvel univers, protégée par un mari qui ne buvait pas, ne jurait pas. De temps en temps, quand elle se penchait à la fenêtre de sa chambre, avant le dîner, elle apercevait Angelin au pied du chêne ; il ne tournait jamais la tête vers le premier étage mais il était là, plongé dans ses pensées, ses cheveux bouclés ramenés derrière ses oreilles, sa silhouette tournée vers le jardin. Le reste du temps, elle ne voyait personne. Ni dans la maison, ni dans l'allée, ni même aux écuries où elle se rendait très peu, affolée par la lourdeur des chevaux, par la fumée qui s'échappait de leur robe comme incendiées dans l'effort. Aimée ne parlait à personne d'autre que Candre.

Ce dimanche-là, après vingt jours de tentatives nocturnes, son mari était soucieux. Ses cheveux propres luisaient, une veine au front battait fort.

– Vous n'êtes pas bien ici, dit-il, tandis qu'elle le fixait, éberluée.

– Candre, vous vous trompez.

– Je ne crois pas me tromper.

Il voulut se lever mais il se contenta de se tourner vers elle. L'expression de tristesse qu'Aimée lut dans son regard la frappa. Ce qu'elle avait pris pour de la colère n'était rien qu'un chagrin enfoui, sans doute depuis des jours.

– Candre, je vous assure que je suis très bien ici. Je vous l'ai dit avant notre mariage, je n'ai jamais connu d'homme.

Ces mots parurent le soulager. Il inspira longuement, comme s'il descendait dans les profondeurs d'un lac sombre. Le front redevint lisse. La bouche immobile. Quand il revint à la réalité, Aimée le suppliait du regard.

– Laissez-moi un peu de temps, nous y arriverons.

– Je ne vous plais pas ?

Elle rougit.

Son cousin Claude, à dix-huit ans, employait ce genre de phrases quand Aimée refusait de venir avec lui à l'étang, qu'il secouait les draps de son lit ; Claude prenait un air bête, tordait un peu la bouche et lançait d'une voix de fillette : « Et alors, je ne te plais pas ? » Sa cousine éclatait de rire. Dans la bouche de Candre, ces paroles semblaient si vulgaires. Aimée n'aurait jamais pensé qu'un homme pieux, un homme qui ne salit pas sa serviette, ne jure jamais et ne monte pas à cheval puisse demander à une femme s'il lui plaisait. Un dimanche, avant la messe. Pourtant il attendait une réponse, très digne devant son petit déjeuner, propre et habillé tandis qu'Aimée portait encore sa robe de chambre.

– Je ne sais pas comment vous expliquer cela, finit-elle par lâcher, entre deux rougeurs.

– Essayez tout de même.

Elle ne pouvait pas lui expliquer, parce qu'elle n'en savait rien. En vérité, quand il venait dans sa chambre, elle suppliait son corps de s'ouvrir, de le laisser glisser en elle, elle acceptait d'avance la douleur qui arriverait et cette douleur ne l'impressionnait ni ne l'effrayait. Alors quoi ? Sous les doigts, le ventre et le sexe de Candre, les doigts, le ventre et le sexe d'Aimée raidissaient. Elle avait beau prier aveuglément un dieu sans visage pour qu'enfin elle le sente en elle, elle avait beau y mettre tout son cœur, se répéter mille fois qu'elle le voulait, ce mari, vers qui elle s'était tendue lors de leurs premières rencontres, qui lui avait « plu », elle avait beau tout accepter, la possibilité de la douleur et celle, plus lointaine, du plaisir, les assauts d'un corps qui n'était pourtant pas celui de son ennemi, l'odeur des sapins jusque dans ce moment où elle aurait dû sentir le parfum de son mari, rien n'y faisait.

– Je n'y arrive pas.

Les lèvres se tordirent.

– Je veux dire, il y a quelque chose, en moi – elle désigna du menton son ventre et ramena sur la robe de chambre ses deux poings fermés – qui n'y arrive pas. Ce n'est pas votre faute.

Candre saisit la serviette qu'il portait au genou et s'essuya la bouche. Dehors, la lumière montait des bois : des éperviers tournaient au-dessus du jardin et disparaissaient, tournaient et disparaissaient de nouveau, perdant le regard de celui ou celle qui les admirait.

– Aimée, chez vos parents, vous étiez heureuse ?

– Oui, je crois.

– Qu'est-ce qui vous rendait heureuse là-bas ? À part la présence de vos parents et de votre cousin, qu'est-ce qui vous rassurait ?

Un bruit de verre cassé fit sursauter Aimée. De la cuisine, Henria lança un « pardon, madame, pardon, monsieur ». Une coupelle s'était brisée. Sa voix sortit Candre de sa réflexion, il émergea comme un poisson tiré par un pêcheur.

– Que faisiez-vous, enfant, pour vous occuper ?

Aimée, à son tour, plongea en elle-même. Elle revit ses parents, au salon, sur la terrasse, dans le jardin. Elle sentit le parfum de son père, elle se rappela comment Claude avait, une fois, tenté de s'asperger avec et comment sa tentative s'était soldée par de longues marques rouges au cou, qu'il avait voulu masquer en portant un foulard à fleurs. Amand avait tant ri, ce jour-là. Sa famille lui manquait. Depuis son arrivée, elle pensait à eux, elle leur écrivait, elle se demandait quand ils viendraient déjeuner. Candre ne semblait pas s'opposer à leur visite, d'ailleurs elle ne le lui avait pas demandé, mais là, dans ce beau matin frais, les chamailleries de son cousin, les silences de sa mère et la silhouette voûtée de son père lui paraissaient lointains, d'un autre monde.

– Aimée ?

– Jusqu'à l'âge de quatorze ans, je jouais de la flûte.

– Oh.

Un sourire – presque imperceptible – modifia ses traits.

– Ma mère jouait du piano quand j'étais enfant, dit Candre, en montrant de la main l'espace derrière lui.

Aimée comprit que son père, ou lui-même des années plus tard, avait décidé de se débarrasser de l'instrument qui encombrait leur mémoire et la pièce.

– Je ferai venir une professeure, déclara-t-il, posant sa serviette sur la table. Il est l'heure de vous préparer, Aimée, nous partons pour la messe dans trente minutes.

Puis il se tourna vers le jardin.

– Le temps est magnifique. Nous pourrions prendre le cabriolet simple. Les chevaux sont prêts, Angelin va les mener à l'entrée en attendant.

C'était la première fois qu'il prononçait ce nom en présence de sa femme.

– Il vient avec nous ? demanda-t-elle, un peu surprise.

Candre secoua la tête. De nouveau il était ailleurs, le nez contre la vitre, son beau visage baigné par la lumière. Aimée se leva, traversa le salon pour monter faire sa toilette mais avant de quitter la pièce, elle lança :

– Mes parents pourraient-ils venir déjeuner, un de ces jours prochains ? Ils me manquent.

Il acquiesça doucement, sans une expression

d'agacement, ou de sévérité. Aimée sentit son cœur s'ouvrir : elle monta prestement les marches, les rayons du soleil emplissaient désormais le corridor comme si on avait tiré sur le parquet un rideau brûlant.

Dans sa chambre, sur la méridienne, Henria avait déposé une longue robe bleue, étoffée de deux jupons en dentelle. Un gilet de laine gris et un col montant à revers doré complétaient sa tenue d'église.

– Avez-vous besoin d'aide ?

Henria poussa la porte, du linge plein les bras. Sous l'amas de draps et de couvertures, son corps disparaissait, seule sa tête dépassait.

– Pardon, je ne voulais pas vous effrayer. Je peux vous aider à vous vêtir, vous n'êtes pas en avance, reprit-elle.

Aimée accepta son aide. La robe était beaucoup trop lourde.

Josèphe et Amand l'avaient, très tôt, habituée à des vêtements couvrants mais légers, qui permettaient des gestes amples, des courses longues, des marches inépuisables. Jusqu'à ses vingt ans, elle ne s'était jamais sentie empêchée par ses robes. Josèphe ne l'obligeait pas à doubler ses jupons et ses cols, l'hiver on bourrait la cheminée, l'été on ouvrait les fenêtres. Aimée n'avait pas connu la douleur d'un corset, ses mains ne portaient pas de gants, son cou aucun foulard, et ses cheveux, noués très simplement, flottaient gentiment autour de son visage. Au domaine Marchère, la maison était plus froide, l'armoire plus large, et son époux, s'il ne lui demandait ni ne lui imposait rien que les bois, préférait qu'elle porte, à l'église, cette robe chaude et longue, qui traînait derrière elle comme celle d'un évêque. La chapelle, même l'été, était glacée. Alors, le dimanche, la toilette était plus longue, l'habit réchauffait son corps qui ne s'ouvrait pas, même quand elle demandait à Dieu de lui apporter un enfant, au moins un, pour que les choses soient comme elles devaient être ; simples et selon le cours naturel des hommes et des saisons.

Henria l'habilla rapidement. Nue devant son corps large, Aimée se sentit une petite fille qu'on lave pour la première fois. La bonne passait les linges, plissait les jupes, ajustait la robe d'un geste assuré.

– Heureusement que vous êtes là, sourit Aimée en se regardant, devant le miroir.

Elle se trouva vieillie de dix ans.

– Vous voilà prête, murmura Henria.

Elle ramassait le linge sale aux pieds d'Aimée. La jeune épouse, la regardant s'affairer sans difficulté, sans plainte, se souvint qu'elle avait, deux ans plus tôt, aidé, habillé et préparé une autre jeune femme pour la messe du dimanche. Cette pensée la terrifia. Pourtant Aimée n'avait rien à craindre d'Aleth, ni de son fantôme. Depuis leur dernière conversation avant le mariage, Candre n'avait pas mentionné son nom ni même sa présence, mais là, si droite et belle dans sa robe d'église, Aimée sentit peser sur elle des événements lointains, qui l'atteignaient malgré tout.

– Henria, est-ce qu'Aleth portait une robe comme celle-là ?

La bonne s'immobilisa devant le miroir, les bras pleins. Elle parcourut des yeux le corps d'Aimée, ainsi qu'on évalue la valeur d'une jument, son poids, sa robe, sa capacité à enfanter. Ce qu'elle coûte et ce qu'elle rapporte. Ses yeux calculaient plus qu'ils n'admiraient. Un corps de plus à nourrir.

– C'est une drôle de question, madame.

Aimée rougit.

– Je suis désolée.

– Ce n'est rien. Tout est nouveau ici pour vous. Aleth portait une robe de la même couleur mais sans ceinture à la taille.

Puis elle s'éloigna, ramenant contre elle son barda.

– Il est temps d'y aller, madame.

En quittant la chambre et son reflet, Aimée agrippa des deux mains la ceinture et ne la relâcha qu'à leur retour de la messe.

Le mardi suivant, Candre annonça que le premier cours de musique aurait lieu deux jours plus tard.

Le maître des lieux avait rapidement trouvé une professeure de flûte : Émeline Lhéritier avait été admise deux ans plus tôt au sein de l'équipe d'enseignants du conservatoire de Genève. Recommandée par les meilleurs, elle ne donnait pas de cours en dehors de sa classe, mais pour la famille Marchère, elle avait fait une exception. Elle était de bonne famille, son père était lui-même musicien, pianiste reconnu en Europe, installé en Suisse depuis la naissance de sa fille. Elle avait choisi la flûte traversière, et très vite, à l'âge de douze ans, avait suivi, en plus des cours de solfège, de maintien, de rythmique de son père, la classe au Conservatoire qu'elle intégra comme professeure dix ans plus tard. Un exploit. Depuis, elle n'enseignait qu'aux fillettes et jeunes femmes. Elle vivait pour la musique, par la musique, on ne lui connaissait ni mari, ni mauvaises histoires. Une bonne sœur au souffle long.

Elle avait été recommandée par le notaire de Candre, dont la nièce suivait les cours de Mlle Lhéritier. Les leçons commenceraient vite. Deux heures de voiture à cheval étaient nécessaires pour arriver jusqu'au clos. Elle voyagerait donc quatre heures chaque jeudi, arriverait le matin et repartirait en début d'après-midi, après une heure et demie de pratique dans le petit cabinet de musique qu'Henria nettoyait depuis l'annonce de la nouvelle. Aimée ne serait pas instruite dans le salon : le paysage, les allées et venues de la bonne, le rendez-vous hebdomadaire des hommes de Candre empêcheraient la tenue du cours, alors il fit aménager cette pièce où son père lui-même avait reçu ses classes toute son enfance et son adolescence. C'était une sorte de chambre adossée à la maison, aux murs si blancs qu'on en clignait des yeux, pauvrement meublée, deux tables d'école, une maie en bois et un tableau noir. Deux fenêtres donnaient sur la petite allée derrière la maison. Il y faisait plus chaud qu'à l'étage. Écrasé par la demeure, de plafond plus bas et de murs plus épais, le cabinet d'écriture chauffait rapidement.

Aimée écouta son mari tout expliquer, de sa voix calme et posée, la nuque droite, les mains sur le genou où sa serviette impeccable lissait le pantalon tout aussi propre. En quarante-huit heures, Candre avait pris les dispositions nécessaires, tout était convenu, entendu, payé, Aimée n'en croyait pas ses oreilles. Il prenait des décisions comme on prend un bol dans une armoire, avec une facilité et une énergie égales. Ce jour-là, son mari lui apparut comme un homme d'actes tout autant que de paroles. Mieux encore, il avait fait acheter un instrument sur place, à Genève. Émeline l'apporterait, Aimée aurait le temps, d'une semaine à l'autre, de se familiariser avec.

Enfin, elle avait rendez-vous. Quelque chose se produisait. Une nouveauté bien encadrée et voulue par son mari. La promesse de ce cours de musique était un cadeau. Aimée se sentit transportée tant par la gentillesse de Candre – qui déboursait, elle s'en doutait, une somme rondelette pour qu'une telle personne vienne jusqu'ici – que par ce qu'elle imaginait de cette heure et demie. Il la récompensait : il amenait chez lui, dans ce lieu occupé par des êtres qui n'en sortaient pas ou peu, une nouvelle âme, certes passagère et rémunérée, mais Aimée sentit dans cette décision l'amour qu'il lui portait. Elle avait voulu le remercier mais il sembla gêné devant ses mains jointes comme ceux d'une petite fille devant un cadeau de Noël. Candre s'était levé, avait déposé sur son front et sur ses lèvres deux baisers très doux, et avant de rejoindre son bureau, il lui avait murmuré à l'oreille :

– Il faut que vous soyez heureuse. Et que l'enfant qui viendra le soit aussi.

Puis il l'avait laissée là, dans cette lumière à laquelle elle s'était habituée. Elle ne protégeait plus ses yeux, ne tournait plus sa chaise, ne changeait plus de place. Le soleil la cuisait pendant que les paroles de son époux infusaient en elle : voilà ce qui lui importait, le bonheur et l'enfant. Pour l'instant elle n'avait ni l'un ni l'autre.

Elle était montée lestement. Sans aide. Dans l'ombre, le cocher n'avait distingué qu'une silhouette enveloppée dans un long manteau bleu marine, aux pans assez larges pour la protéger du froid qui courait dans la région jusqu'aux portes du mois de mai. Elle s'était hissée dans la cabine, deux bagages à la main, deux longues mallettes de bois et de métal dont elle ne voulut pas se séparer. Une étole de laine drapait son cou, solidement enroulée dans le col de son manteau. Un capuchon rabattu sur ses cheveux bruns tirés en arrière, en un chignon strict, sans boucles, deux grands yeux au milieu d'un visage décidé, aux traits marqués par la fatigue.

Ils quittèrent Genève à six heures. De la vitre de sa cabine, Émeline Lhéritier regardait le soleil poursuivre la voiture sur la petite route de plus en plus étroite. À mesure que le jour montait entre les cimes, Émeline, droite comme un pieu, travaillait mentalement ses prochains cours : Candre Marchère avait fait envoyer un de ses clercs quatre jours plus tôt pour la convaincre de venir donner leçon, en France, à une jeune femme qui n'avait pas pratiqué la flûte depuis ses quatorze ans. Le montant de sa course s'élevait à un mois de salaire au Conservatoire, pour moins de deux heures de présence par semaine. Le trajet serait long, désagréable, mais Émeline était curieuse de cette famille si attachée à la pratique musicale qu'elle venait la chercher, très loin, alors que de bons professeurs, en France, auraient pu amuser une épouse ennuyée par sa vie monotone. Elle accepta, à la condition de pouvoir cesser la classe si elle le jugeait nécessaire. Tout cela fut entendu dans le vestibule du Conservatoire, le clerc lui remit – d'avance et en remerciements de sa prompte acceptation – un premier mois de salaire. Il lui avait fait porter un instrument destiné à la jeune femme ; une flûte traversière neuve, Boehm, en métal, d'excellente facture.

À présent l'instrument dans sa boîte reposait contre sa cuisse, sur la banquette. Émeline avait quitté son capuchon et défait son écharpe. Sa gorge, marquée par une strie rose, gonflait et se creusait.

Grâce à la réputation de son père, on lui avait accordé au Conservatoire un poste et une salle au premier étage, au bout d'un long couloir. Elle apprenait la flûte à de jeunes élèves de première et deuxième année qui n'étaient point nombreuses. Les petites de familles bourgeoises se succédaient, envoyées là par leurs parents pour qu'elles sachent divertir les invités, lors de soirées mondaines ou de repas familiaux. Les jeunes femmes capables de maîtriser un instrument, en général le piano ou la flûte, trouvaient plus facilement un mari. De bonnes élèves feraient de bonnes épouses et, la plupart du temps, une fois mariées, elles abandonneraient l'instrument, poussant, à leur tour, leurs enfants à apprendre la musique, comme on apprend à multiplier des chiffres, à monter à cheval, à lire à haute voix des romans moraux. Émeline savait qu'elle devait son talent et son travail à son père. Elle avait hérité de son géniteur la même force, mais contrairement à lui, elle ne pressait pas ses élèves. Ses ouailles étaient filles : dans leur vie, la musique apparaissait tout au plus comme un agrément, elle ajoutait un don adorable aux mères qu'elles deviendraient. Le conservatoire de Genève avait ouvert sa première classe destinée aux enfants de sexe féminin le jour de son arrivée : elle devait éduquer ces jeunes filles. Pratiquer la flûte traversière, dans un monde où la plupart des femmes n'avaient pas accès à cet instrument, leur imposait d'être plus sages, plus droites et parfois, plus pieuses que toute autre élève de l'établissement. Sévère d'aspect et de gestes, Émeline portait des bas noirs, des chaussures sans talons. Sa nuque semblait se détacher de son buste tant elle gardait la tête droite. Quand elle jouait, son instrument traçait une ligne de métal entre elle et le monde.

Émeline vivait au troisième étage d'un immeuble occupé par les membres de sa famille. Le matin, elle croisait son père dans l'escalier : il répétait chaque jour dans un autre lieu, meublé de plusieurs pianos, aux pièces nues et claires, aux fenêtres hautes et drapées pour ne pas laisser la lumière du jour et sa chaleur abîmer les instruments. Émeline avait connu cela toute sa vie : la pénombre, le soin apporté aux bois, aux cordes et au métal, les exercices musculaires pour les doigts, la main, le poignet, les épaules qu'il faut garder droites et les mâchoires qu'on exerce au coucher pour éviter les crampes. Sa vie entière, jusqu'à la proposition de Candre, avait été un exercice chaque jour recommencé. Elle ne s'intéressait qu'à ses élèves, leur donnait autant de devoirs de gymnastique pour le dos, la nuque et les bras que de partitions à déchiffrer. Ses méthodes étaient acceptées uniquement parce qu'elles copiaient celles de son père : en d'autres circonstances, qu'une jeune femme demande à ses élèves de s'allonger le soir sur le dos et d'étendre bras et jambes le plus loin possible en mimant, de ses propres mots, « un écartèlement », aurait été sanctionné. Physiquement, elle ressemblait à ce que son instrument avait fait d'elle : de hanches, de taille et de bouche étroites, les cheveux tirés en arrière jusqu'à en allonger le front, la joue relevée, et deux grands yeux glacés, d'un gris de pierre et de métal. Quand elle parlait, sa voix surprenait ses interlocuteurs : très basse, pour une femme, presque masculine. Pourtant, aucune agressivité ne pointait : sa parole était nette et profonde. Sous cette poitrine assez plate un animal sauvage se réveillait quand elle parlait et le timbre si grave ajoutait à sa légende une ligne supplémentaire.

Ce cours particulier, loin de sa classe, de son immeuble, de son père si présent, apparaissait comme un jour de vacances dans ses semaines chargées. Le long trajet, la préparation différente de ses cours habituels, l'attention portée à une seule élève, jeune et riche, tout aurait alourdi la journée, le corps et la pensée d'un autre professeur, mais pour elle, dès que le clerc s'était présenté dans le hall du Conservatoire, ce cours lui était apparu comme un jeu ; mais une femme s'ennuyait dans un domaine forestier, on la payait ici mieux qu'ailleurs, et elle verrait du pays.

Pendant le trajet, elle imagina son père, à son âge, voyageant à travers l'Europe, acclamé par ses aînés, jalousé par ses pairs, recevant fleurs et applaudissements dans des salles rouge et doré où la place coûtait si cher qu'on l'occupait longtemps. Elle ? Elle avait quitté la ville à l'aube, à l'arrière d'une voiture à cheval, tirée par deux énormes bêtes brunes qui embaumaient sa cabine. L'attelage s'enfonçait, loin des villes, dans le ventre de la terre, le soleil peinait à percer le bouclier des feuilles, et sur la route à travers la forêt d'Or elle n'avait croisé personne, ni vu d'autres chevaux. Un instant, elle se crut en train de tout défaire, que sa vie prenait ici un sens absurde, qu'il fallait sans doute demander au cocher un demi-tour rapide, que c'était un drôle de rêve, un pas de côté qu'elle s'était offert mais qu'il était temps de revenir à la vie, à la classe, aux élèves fortunées des grandes familles genevoises, de cesser ce voyage dans son manteau de laine, pour une demeure inconnue.

À l'arrêt en bord de route, elle laissa l'air entrer dans la cabine. Le froid marqua tout de suite ses joues, en accentua la rondeur, puis elle sauta à terre, les deux pieds solides sur le sol gelé, dur comme le parquet de sa classe. Le cocher abreuvait dans un petit ravin les bêtes dételées, leur ventre rond tremblait sous le froid, elles secouaient le licol, et leur robe luisait de sueur et de lumière dans le matin naissant. Seule au milieu d'une route sinueuse qui, à l'horizon, semblait se terminer au cœur d'un grand soleil rouge, Émeline se tenait là, tête haute, en cette froide matinée. Un instant, elle se vit d'en haut, femme de rien du tout coincée entre les lourds chevaux et la forêt dense, et quelque chose en elle, sans doute un reste d'obéissance enfantine, s'effondra dans le silence des sapins, quelque chose qui venait de loin et tenait uniquement grâce à la poigne du Conservatoire et de son père. La décision de ce voyage l'avait troublée : les leçons du passé, la salle de classe et les élèves modèles s'effaçaient à mesure que la voiture s'enfonçait de l'autre côté du massif, où l'horizon ne ressemblait en rien à ce qu'elle avait connu jusqu'ici.

Avant d'atteindre le haut portail Marchère, Émeline s'assoupit. L'arrêt brutal de la voiture la secoua et, quand la porte s'ouvrit, le corps immense d'Henria apparut : avant qu'elle ait pu dire un mot, la bonne l'invita à descendre.

À Genève, les rues étaient larges, les manteaux longs et le soleil cuisait les façades. Ici, il lui semblait que les hommes se ratatinaient sous les branches, que les arbres effleuraient la maison comme des animaux sauvages flairent une proie. Le sentiment de liberté qu'elle avait ressenti sur la route s'estompa, et le désir profond, impérieux, de se soumettre à ce lieu la submergea.

– Suivez-moi, mademoiselle. Madame vous attend dans la salle de musique.

Elles coupèrent par le jardin. Les chaussures de ville glissaient sur la pelouse encore mouillée, des rosiers avançaient leurs ronces contre le manteau et, lorsque les deux femmes eurent atteint la terrasse, Angelin apparut au coin de la maison, filant devant elles comme un chat qui vient d'attraper un oiseau, mais dans sa course il lança à Émeline un regard appuyé.

– C'est mon fils. Ne vous en faites pas, il n'est pas méchant. Il traîne un peu par ici. Vous n'avez rien à craindre, il ne vous parlera pas.

– Je ne suis pas inquiète, souffla Émeline en pénétrant dans le petit salon.

Henria marchait vite. La jeune femme n'eut pas le temps d'admirer les fauteuils élégamment tapissés, tournés de trois quarts pour prendre le soleil sur la terrasse. Sur les pas de la bonne, elle trottait, ses talons plats claquaient comme des sabots. Elle enregistra le trajet jusqu'à la salle de musique, une petite pièce blanche enfoncée dans la maison, à l'abri des regards, au bout d'un couloir de tomettes rouges. Les murs, de ce côté-là du domaine, ne portaient aucun tableau, aucune arme, aucune tête d'animal chassé. Aucun bois. Ils étaient clairs et nus, frais, les petites dalles ocre du sol accentuaient leur blancheur et quand Henria ouvrit la porte de la pièce de musique Émeline cligna des yeux, éblouie par ce blanc violent.

– Je suis désolée, cela fait toujours un drôle d'effet, au début. Vous verrez, vous vous y habituerez.

Émeline frotta ses manches contre ses paupières, derrière elle la bonne referma la porte et soudain une ombre recouvrit la lumière du jour : Aimée avait rabattu les volets de moitié.

Sa professeure la trouva très frêle. Un dos pareil ne supporterait pas une grossesse, pensa-t-elle en avançant. L'élève, se tournant vers Émeline, lui offrit un sourire large et simple. Une jeune fille.

– Je suis si contente que vous soyez là, dit-elle.

Elle s'assit sur la chaise devant le pupitre. Elle se tenait droite ; sa poitrine était peu fournie, ses épaules, dans sa robe garnie, faisaient deux crochets de chaque côté de sa nuque. Elle portait les cheveux haut : Émeline détailla rapidement son cou, très blanc, sans marques ni grains. Il lui restait de ses cours d'enfance une posture, la jambe gauche légèrement dépliée et le ventre rentré.

– Quand vous étiez petite, avez-vous appris à jouer debout ou assise ?

Émeline assembla les instruments. Elle aurait pu poser mille questions, sur telle ou telle partie de l'instrument, sur les morceaux qu'Aimée connaissait, mais elle savait, à voir cette jeune femme si parfaitement mise dans cette salle aux murs pâles, que les leçons avaient été apprises et retenues. Dans la joie de son élève, dans sa voix où se mêlaient l'excitation de la nouveauté et l'émotion du souvenir d'enfance, Aimée attendait d'elle une chose que sa professeure n'avait pas l'habitude de donner : un refuge.

– Assise. Je croyais que c'était la façon de faire.

Émeline avança jusqu'à elle, tira les chaises en arrière.

– Vous serez toujours debout, avec moi, dit-elle en se plaçant dans son dos. Je vais vous apprendre, d'abord, à jouer sans instrument.

Surprise, Mme Marchère voulut se retourner mais elle sentit, à la base de son cou, les doigts d'Émeline s'enfoncer dans la peau. La pression l'obligea à garder la tête droite et haute. De son autre main, l'enseignante appuya plus fort, arrachant à son élève un léger hoquet.

– C'est bien. Vous apprendrez vite.

Les deux doigts sur la nuque et le plat de la main sur la colonne, elle glissa vers le haut. Aimée avança la poitrine ; la main d'Émeline s'enfonçait en elle, la pression de ses doigts et du poignet la maintenait, au milieu de cette petite salle blanche où la lumière peinait à passer les volets, immobile et sévèrement figée. Elle sentit la pression se relâcher dans son cou et les doigts descendirent entre les omoplates ; elle s'autorisa un long soupir que sa professeure coupa net en appuyant, de nouveau, là où le dos s'affaissait légèrement. Aimée se redressa sur-le-champ.

– Vous devez apprendre à garder cette position. Votre dos sera plus musclé, plus fort. Tout votre corps, des pieds jusqu'à la tête, sentira et portera la musique. Vous ferez cet exercice dans la journée, matin, midi et soir.

– Vous me donnez donc des devoirs.

Aimée ne voyait pas le visage d'Émeline, mais elle osa imaginer qu'un sourire passait sur son visage et ce sourire-là, invisible et caché, triomphait de sa douleur.

– Oui, des devoirs. Mais vous n'êtes plus une petite fille.

– Rien n'est moins sûr.

Émeline laissa tomber ses deux mains contre sa robe. Le corps d'Aimée sembla ne rien peser sans ses deux appuis. Elle se retourna : la jeune femme tremblait de tensions, de muscles nouveaux, de raideurs qui partaient des tempes jusqu'aux cuisses.

– Je me sens fatiguée.

– C'est normal. Je vous ai un peu malmenée. Faites les exercices, dans une semaine vous vous sentirez mieux.

Les douleurs rassuraient Émeline : elle avait entre les mains une terre neuve et modelable, qu'elle travaillerait chaque jeudi comme on prépare une œuvre à son accomplissement. Aimée avait mal, ses muscles se réveillaient, ses tendons grinçaient comme des chaînes rouillées. La musique était une affaire de souffle, de peau, d'engagement. Le plaisir viendrait plus tard : d'abord l'effort.

– Je crois que j'ai besoin d'un peu de lumière, dit Émeline, fouillant dans la doublure de son boîtier.

Aimée obéit. Elle repoussa les volets. Les murs parurent plus blancs, le plafond moins bas. La robe d'Émeline faisait une tache sombre, elle se déplaçait dans la salle de musique comme si elle l'avait toujours connue, occupée. Oui, c'était cela qui troublait Aimée : elle regardait sa professeure déplacer les boîtiers des flûtes, reculer les chaises, fuir ou chercher la lumière, et dans ces gestes elle sentait les habitudes d'un temps ancien. Cette jeune femme n'était pas surprise par son environnement, aussi nouveau et bizarre fût-il. Seule comptait la fonction. Le port de tête, l'instrument rangé, le corps de son élève. Aimée ne s'était jamais sentie regardée, touchée, examinée de la sorte.

Quand Émeline l'avait prise à la nuque et au dos, jouant à redresser son buste, avancer sa poitrine et relever le menton, elle s'était décomposée sous ces mains inconnues. L'aspect sévère de l'enseignante, sa voix profonde lui donnaient l'envie de se laisser conduire et métamorphoser par elle. Selon les lois du mariage, personne ne devait la toucher, sinon Candre. Et pourtant, elle avait accepté cette poigne contre elle.

– Vous avez déjà étudié la musique, dit Émeline, en refermant le boîtier sur la table.

– Oui, j'étais jeune. J'en ai de vagues souvenirs.

La professeure avança vers elle. Naturellement, Aimée se redressa, très droite, comme elle le lui avait montré quelques minutes plus tôt. La jeune femme sourit légèrement, l'élève décela un début d'amitié, ou du moins, de confiance.

– Vous apprenez vite, murmura-t-elle.

Ses paroles glissaient dans ce sourire. Ses lèvres étaient pâles et détendues. Aimée, troublée par le pauvre compliment qu'elle venait de recevoir, se concentrait sur son dos, sur son cou, essayant de maintenir la position.

– Voici des partitions que nous travaillerons la semaine prochaine. Il y a aussi des exercices de respiration, que vous pratiquerez en plus de votre posture, au moins quinze minutes par jour.

Émeline posa les feuilles sur le pupitre. Puis elle se planta devant Aimée, porta ses mains autour de sa propre bouche qu'elle étira d'un côté, et rentra les lèvres à l'intérieur avant de les gonfler, dans un mouvement très régulier, celui d'un poisson ou d'un cheval agacé par son mors.

– Vous exercerez votre bouche. C'est primordial. Du muscle, de la souplesse, de la force dans les lèvres, les épaules et le dos. Si vous n'arrivez pas à sortir de notes, au moins, au bout d'un mois, vous aurez un corps d'athlète.

Aimée rit franchement.

– Voilà, n'hésitez pas à rire, c'est bon pour la mâchoire.

Lors de ce premier cours, Aimée ne tint pas la flûte entre ses doigts. L'heure avança rapidement. Dehors, on entendit, vers onze heures, un pas furtif devant les volets, qui dura quelques secondes avant de s'éteindre. Émeline crut qu'on venait de mener l'attelage derrière la maison, et qu'il lui fallait quitter sans plus tarder le domaine pour être à l'heure à Genève.

Elle énuméra les exercices de respiration abdominale, expliqua en détail la manière d'inspirer, de gonfler puis creuser le ventre, de « pousser son nombril dans son dos » et de « rassembler tout son corps sous la poitrine ». Elle marchait de long en large, une main sur sa robe, l'autre sous la gorge, répétant deux, trois fois, comment maîtriser son souffle, les battements de son cœur, la vitesse du sang et des émotions qui vivaient sous la peau comme des animaux marins. Elle montra l'exercice plusieurs fois, nichant ses conseils, ses ordres et ses formules dans la tête – et le cœur – de sa nouvelle élève sans la quitter des yeux, formant autour d'elles une bulle d'obéissance où Aimée se sentit importante. Regardée.

Désirable.

Aimée retenait, plus que les paroles de sa professeure, la forme de ses lèvres quand elle les musclait et celle de sa main quand elle l'appuyait sur son ventre. Au centre de cette pièce sans âme, le corps d'Émeline se métamorphosait : il gonflait de vie, l'instrument de chair remplaçait celui de métal, Aimée sentait son ventre s'ouvrir aux mouvements du souffle.

– Faites cela chaque jour avant la prochaine classe, conclut Émeline en soufflant une dernière fois. Nous verrons où vous en êtes. Je vous ai apporté l'instrument commandé la semaine dernière par votre mari. Ne l'utilisez pas avant que je revienne.

Elle désigna le boîtier sur la table.

– C'est un bel objet, prenez-en soin.

Puis, dans un mouvement de nuque, elle dénoua ses épaules, son cou, renversa la tête en arrière et délia ses articulations endolories. Aimée, bouche bée, la regarda étirer ses membres. Tout à coup, sa robe pesa lourdement sur ses jambes : elles étaient restées debout presque deux longues heures, et lorsque Henria poussa la porte pour annoncer que les chevaux attendaient au portail, Aimée eut un mouvement de recul. La bonne troublait le tableau silencieux. À présent, la maison, par la porte ouverte, respirait plus fort :

– Veuillez m'excuser, madame, je suis attendue à Genève.

Aimée fit un pas de côté. La jeune femme l'effleura en s'engouffrant après Henria, et dans ce frôlement, l'élève sentit, sur son dos et son cou, la pression de ces doigts et de ces mains, qu'elle garderait une semaine entière, dans l'attente du prochain cours.

Quelques minutes plus tard, Aimée entendit les chevaux quitter le domaine, le cœur battant comme au jour de son mariage.

Les jours suivants, une fois la nuit tombée sur les grands arbres noirs, Candre ne vint pas.

Assise dans son lit, sa femme attendait qu'il passe la porte. Pendant six jours, Aimée resta éveillée jusque tard dans la nuit. Ce n'était pas qu'elle le désirait près d'elle, mais le premier cours de musique avait eu lieu si vite, Candre s'était démené, sans rien dire ni montrer, pour trouver en quelques jours un professeur disposé à venir chez eux, et Aimée avait naturellement pensé qu'il s'attendait à être remercié.

« Remercié ».

Elle ne trouvait pas d'autre mot, il lui écorchait les lèvres et le cœur, mais c'était la vérité. Remercié par le corps de sa femme qui devait l'accueillir comme lui-même avait accepté une jeune et lointaine inconnue entre ces hauts murs de feuilles et d'orage pour le seul loisir de sa nouvelle épouse. Aimée avait pensé à la façon de son cousin. Pour Claude, chaque geste tendre, chaque parole douce et soumise, chaque regard bienveillant d'un mari vers sa femme attendait une réponse de la chair : on exigeait cela, après le mariage, d'une maîtresse de maison, d'une fille de bonne famille. Claude parlait sans cesse, certain de sa pensée, de son avenir, de sa place dans le monde. Sa cousine l'écoutait avec attention. Il l'impressionnait, grandissant vite et bien, tel un arbre en avance sur la forêt. Il travaillait et contractait sa voix comme un biceps : avec force. Aimée, plus douce, flattée par les confidences intimes de ce jeune coq, buvait ses paroles. L'univers secret des maris et des femmes, des notaires et des soldats, lui paraissait si lointain. À mesure que les années transformaient son corps de petit garçon en maillon militaire, Claude construisit pour lui et sa cousine une idée précise et tranchée des rapports que les hommes entretiennent avec les femmes : un contrat. Entre deux familles, deux âmes et deux chambres. À force de l'entendre établir ses théories, Aimée avait fini par les absorber, comme une terre fertile se gorge d'une pluie empoisonnée.

Candre déjouait les certitudes de son cousin. Les vives paroles de Claude s'effritaient lorsque Aimé reposait, sagement vêtue, dans son lit d'épouse vierge. Son mari était doux, calme, d'un naturel discret. Il ne paradait pas. Ni à l'extérieur, ni dans sa chambre. Il ne la brusquait pas. Elle l'avait senti contre son ventre plusieurs nuits : il était bel et bien de ces hommes riches qui veulent femme et enfant, simplement. Son nom, sa voix profonde et ses forêts luisantes suffisaient à soumettre Aimée. Malgré son sexe réticent et ses entrailles closes, elle aimait Candre ; avec lui elle comprenait que Claude se trompait, et, attendant ce mari qui ne venait pas essayer son corps au sien, elle le remerciait en silence de n'être pas de ces hommes-là.

Les nuits se succédèrent. Le matin, regardant depuis le salon le jardin qui explosait de fleurs et d'herbes longues, Candre l'attendait, elle cherchait dans son visage une expression nouvelle, une faiblesse, peut-être une inquiétude, mais : rien. Et s'il ne venait pas la nuit, il l'attendait le jour. Ils discutaient calmement, Henria traversait le couloir, les bras chargés de draps, on ne voyait plus son visage, le linge se promenait dans la maison campé sur deux jambes solides.

Malgré le manque de sommeil, Aimée se levait de bonne humeur. Impatiente de son prochain cours, elle regardait du coin de l'œil le boîtier dans sa chambre, sur la cheminée ; elle avait voulu le garder près d'elle, à l'endroit le plus élevé, pour ne pas le perdre de vue. Elle se couchait le soir en passant la main dessus, en se levant le matin elle lui offrait son premier regard. Dehors, le ciel l'accompagnait dans son désir et sa joie : les nuages moutonnaient au-dessus des arbres, à l'aube une brume s'installait entre les sapins, mais dès huit heures elle s'évanouissait, laissant le paysage respirer comme un grand poumon de feuilles et d'écorce. Désormais,

Mme Marchère aimait ces arbres si serrés et ce ciel si bas, il lui semblait qu'elle avait trouvé sa place, que les années viendraient comme Candre était venu à elle : naturellement, sans armes et sans défenses.

Bientôt, elle en était sûre, un enfant comblerait l'espace vide entre elle et son mari, alors elle lui apprendrait à son tour la musique, avec Émeline, ce serait beau et joyeux, dans la petite pièce du fond, de répéter les exercices. Grâce à elle, les songes d'Aimée l'emmenaient loin, un verrou cédait dans son âme, elle débarrassait sa mémoire des mauvais conseils de Claude et s'inventait une existence nouvelle. Soudain tout paraissait très simple.

Dans cette attente si douce, une ombre se glissa parmi les pensées d'Aimée. Revivant cent fois chaque minute de son premier cours, son esprit butait sur un détail insignifiant, qui, peu à peu, enfla : les deux jeunes femmes avaient entendu le gravier crisser près de la fenêtre, puis le bruit s'était interrompu brutalement. Elles n'avaient vu personne ni perçu aucun souffle. Pourtant, plus elle y songeait, plus Aimée doutait.

Elle avait pensé qu'on descendait un cheval des écuries, mais le sabot aurait été plus lourd, et le son de plus en plus lointain. Le pas d'un homme aurait doublé celui de la bête. Il n'y avait pas eu d'écho, pas d'empreinte. Elle s'imagina d'abord que Candre les faisait surveiller par Henria ou l'un de ses ouvriers, mais son mari n'était pas homme de secret : s'il avait voulu savoir ce qu'il se passait dans cette salle, il s'y serait rendu lui-même. De plus, Aimée connaissait presque par cœur les bruits d'Henria : la lourdeur robuste de son pas, ses soupirs d'agacement ou de soulagement, ses humeurs qui passaient dans ses gestes tantôt brusques, tantôt légers. Non, ni elle ni Candre n'avaient tourné autour de la fenêtre ouverte. Ça aurait pu être un palefrenier, un maître d'œuvre, le vétérinaire, ça aurait pu être l'un de ces adolescents qui traversaient les bois et se retrouvaient derrière la maison, ayant suivi une ancienne piste à l'opposé du village. Mais les habitués du domaine n'arrivaient jamais de ce côté-ci sans avoir, d'abord, fait monter les chevaux et les apprentis par l'entrée principale. Henria, à cette heure de la matinée, se trouvait presque toujours à l'étage et les garçons du village ne s'attardaient pas entre les murs du domaine. Candre les effrayait : Aimée les voyait, le dimanche, à l'église, les jeunes au crâne lisse, aux oreilles larges, aux muscles fins, ils reculaient d'un pas, tête courbée, regard devant, fixant un point à l'horizon pour ne pas croiser les yeux de M. et Mme Marchère.

Alors, nuit après nuit, ténèbres après ténèbres, les contours du visage d'Angelin vinrent troubler les rêves et hanter les cauchemars d'Aimée. Elle se souvint de son arrivée au domaine, de ce garçon qu'elle avait vu, à l'église, au jardin, sous l'arbre, par la fenêtre de sa chambre. Le fils d'Henria faisait partie des lieux et de la vie de Candre au même titre que les arbres, les pistes, l'épouse décédée et la mère foudroyée, Dieu et les fleurs.

Elle se mit à penser à Angelin : elle se l'imaginait, ce jour-là, tapi sous la fenêtre de la salle blanche. Qu'un garçon épie deux femmes n'était pas un grand malheur. Son cousin avait fait bien pire, et elle en avait ri. Non, simplement, penser à Angelin ouvrait en elle des idées nouvelles : depuis des semaines qu'elle vivait au domaine, après avoir œuvré à trouver sa place, à s'y tenir droite, à s'en satisfaire, elle s'était écartée de la vie des autres. Tout à coup, le monde extérieur revenait à la charge.

Une semaine passa et le visage d'Angelin imprégna tout : sa figure hantait ses songes. Le souffle, les paroles, les conseils d'Émeline remplissaient sa mémoire, mais au cœur du plaisir que ces souvenirs apportaient, Aimée butait sur ces secondes, devant la fenêtre. Une affaire d'un instant. Une ombre, rien de plus. Un fantôme avait secoué ses chaînes près des deux femmes, mais ce fantôme avait un corps tout de chair. Aimée imaginait Angelin plié sous la fenêtre, ses cheveux bouclés frôlant la pierre, elle voyait ses yeux qui fixaient sans être vus. Personne ne disposerait d'Émeline, Aimée se le répétait, se balançant d'avant en arrière dans son grand lit froid. Aimée ne craignait pas Angelin ; elle en était jalouse, et elle n'en savait rien.

Dans sa colère, elle comprit qu'elle partageait ses terres, son toit, ses jardins, ses bois et ses pistes avec un jeune garçon. Le fils d'Henria connaissait le domaine, son histoire et ses secrets. Angelin se cachait d'elle. L'arrivée d'Émeline avait ouvert un gouffre, où le désir et l'inquiétude tournoyaient, et la présence de ce garçon poussait la jeune épouse dans des pensées malades.

Tout à coup, il lui sembla que le passé lui échappait : Angelin, caché sous la fenêtre, avait été élevé au domaine, avec Candre. Henria s'était occupée des deux enfants, elle les avait consolés, aimés, l'un comme le fils d'une morte et l'autre comme le sien. Aimée fut prise d'un vertige violent : jamais elle n'avait interrogé Candre sur Angelin, jamais elle ne s'était approchée de la maison des domestiques. Depuis son arrivée, elle vivait à la manière d'une enfant de vingt ans, idiote et retranchée, dans un monde peuplé de créatures habituées aux ombres, aux longs silences, à Dieu. Par-dessus tout, Angelin avait connu la première femme de Candre : cette idée la sidérait. Elle se sentait si bête, aveuglée par son manque de désir pour son époux, son manque d'envie pour presque tout, qu'elle n'avait jamais pensé, pas une seconde, à Angelin.

Il savait tout de cette première femme décédée en Suisse dont Aimée ne connaissait rien, sinon l'histoire partagée par tous et colportée par son mari : une jeune fille de bonne famille, mariée, tombée malade des poumons et morte au sanatorium. Que ce bougre, si fuyant, si beau aussi, en connaisse plus qu'elle-même sur son propre foyer, sur son époux et ses sentiments pour une femme dont elle ignorait jusqu'aux traits du visage, que ce garçon-là, soumis à la richesse de Candre, à la bonté de sa mère, furtif parmi les arbres et les oiseaux, garde en lui mille secrets qu'on lui cachait à elle, tout cela la rendait malade de jalousie. Épuisée par ses pensées, rendue à l'état d'enfance, elle n'était plus qu'une fille vierge qu'on protégeait de tout, même des choses les plus simples de la vie, de sa vie.

Elle parlerait à Candre. Elle poserait les questions, les grandes questions douloureuses. La métamorphose d'Aimée touchait à sa fin : bientôt son corps s'ouvrirait comme les grilles du clos Deville, comme les bras d'Henria autour du linge propre et repassé, et Candre serait père. La famille Marchère, dont les membres disparus semblaient réunis dans le silence de son dernier fils, serait à nouveau riche de sang et de jeunesse.

L'aube se leva sur la chambre sans sommeil, ce jeudi matin : Aimée jeta un coup d'œil fatigué à la porte close qui menait au lit de son époux. Fixant la poignée, elle s'imagina qu'elle tournait, qu'il venait la soulager de ses découvertes nocturnes, par son corps dans le sien, mais la serrure fit silence, seuls les arbres sifflaient dans le crépuscule renversé. Émeline arriverait dans quelques heures, alors tout serait bon, à nouveau.

L'orage éclata vers six heures du matin. Dans l'allée, Henria pestait contre les volets battants. Aimée avança jusqu'à la fenêtre, admira le ciel chargé au-dessus des arbres que l'électricité échevelait, puis son regard s'attarda sur la bonne, à l'autre bout du promontoire, relevant les fleurs ratatinées par la pluie. Aimée aurait dû fermer sa fenêtre, tirer les volets et les attacher, mais l'air frais et humide, gonflant sa chemise, passant dans sa nuque, fit courir dans son dos un frisson d'inquiétude.

Émeline choisirait-elle d'annuler son voyage ? Le cocher traverserait-il quand même la frontière si l'orage se déplaçait vers la Suisse ? Grelottante, Aimée pensa qu'Émeline ne viendrait pas. Qu'elle ne devait pas prendre le risque d'être renversée sur la route. Les bêtes n'aimaient pas ce ciel qui leur tombait dessus comme mille cravaches, on évitait les sorties par temps d'éclairs ; et même alors, dans le fond des écuries les chevaux cognaient aux planches. Dans le bruit de leur carcasse jetée contre les murs, le chant du tonnerre se mariait au gris du paysage jusqu'à ce qu'un soleil timide chasse les enfers au-delà du village.

Incapable de se recoucher, elle s'emmitoufla dans une robe de chambre et descendit au salon. Assis à sa place habituelle, les yeux perdus dans la vitre éclaboussée, Candre sursauta.

– Vous êtes bien matinale, dit-il.

Il se leva et disparut dans le couloir. Abasourdie, Aimée crut qu'elle devait le suivre mais il réapparut quelques secondes plus tard, un long plateau entre les mains.

– Henria est dehors, la pluie fait des misères.

Il glissa le plateau sur la table et se rassit.

– Quel déluge, et quelle beauté, souffla-t-il.

Aimée n'avait jamais vu son père ni son cousin servir le petit déjeuner d'une femme.

– Vous semblez gelée, dit-il en approchant sa tasse de thé fumant. Buvez, cela vous réveillera.

Elle obéit. L'eau était brûlante.

– J'ai une de ces faims.

Candre sourit. Une malice d'enfance passa dans son œil.

– Il y a tout ce qu'il faut pour vous satisfaire. Si ce n'est pas assez, la cuisine est pleine. Mangez. Votre cours de musique commence dans trois heures, il faut vous réveiller.

– Le cours de musique ?

Candre redevint très sérieux.
– Eh bien, oui, le jeudi. Vous aviez oublié ?
Il paraissait sincèrement surpris par la question de sa femme. Et elle, tout à fait stupéfaite par sa réaction.
– Les chevaux sont partis à Genève chercher Mlle Lhéritier ? Par ce temps ?
Dehors, un gros rat noir traversa la pelouse trempée.
– Ici, les chevaux calèchent par tous les temps. Et l'orage passera dans l'heure.
Aimée voulut renchérir à propos de la sécurité des routes, mais Candre, déjà, ne l'écoutait plus. Il se perdait dans le jardin. Il naviguait de l'autre côté de la vitre, sous la pluie, bercé par la foudre. Sa femme plongea sa tartine de miel et de crème dans son thé : la première bouchée engloutie, elle mangea de bonne allure, en se demandant qui, de Candre ou d'Émeline, lui ouvrait l'appétit de cette façon.

M. Marchère quitta la table à huit heures. Aimée mangeait encore. Il lui déposa au front un baiser long, un peu humide. L'orage laissait aux fenêtres des formes vives et mouillées, transportait à travers le petit salon l'odeur de la terre retournée, des mousses trempées. L'eau, sa force et sa colère, gonflait les effluves, qui se mêlaient les unes aux autres, explosaient en fleurs, en insectes, en lichen et écorces aux narines d'Aimée, fatiguée de sa courte nuit. Le domaine entier paraissait flotter sur l'eau du ciel, épaisse et brune.

Vers neuf heures, Henria annonça que le temps tournait. Aimée sentit l'excitation des premiers jours : à son tour, elle quitta la table, rejoignit sa chambre. Elle choisit une robe bleu clair, la même qu'aux premières promenades avec Candre, doublée au col. Sa toilette fut longue, précise, mille fois recommencée. Le soleil perçait parfois entre deux gros nuages, jetant des lumières folles contre les vitres, éclaboussant les visages et les choses. La forêt bruissait comme le cœur de Mme Marchère : c'était un jour de grande énergie.

Les chevaux passèrent la grille peu avant dix heures. Leurs sabots étaient crottés, leurs robes ruisselaient. De la salle de musique où Aimée répétait les exercices de respiration, elle entendit la voix d'Henria, et celle du cocher. Puis on fit rentrer les bêtes à l'écurie et Émeline dans la maison ; tout était à la fois calme et chargé, bruyant et discret. La flûte traversière offerte trônait sur la table, devant le tableau noir.

La bonne ouvrit la porte : Émeline avait des yeux cernés, des joues roses et striées, le corps droit mais courbaturé.

– Quel voyage ! J'ai bien cru que la voiture serait noyée !

Debout contre la fenêtre, Aimée la regarda s'avancer, déboutonner son manteau, ouvrir sa mallette.

– Merci d'être venue quand même...

Émeline balaya sa remarque d'un geste de la main.

– Ce n'est pas un problème, il faut faire confiance aux chevaux. Allons, vous avez travaillé comme je vous l'ai demandé ?

– Oui, j'ai suivi tous vos ordres.

Émeline leva sur elle des yeux surpris.

– Madame, ce ne sont pas des ordres, ce sont des conseils.

Ses derniers mots s'enfuirent dans un sourire, discret, légèrement moqueur, que son élève adora immédiatement.

– Vous avez été sage, nous allons commencer avec l'instrument. Gardez bien en tête que votre dos, vos mains et votre respiration font presque tout le travail. Une jolie note se tient toujours bien droite.

– Et je suppose qu'une jolie note vient toujours du ventre.

Émeline acquiesça.

– Oui, c'est exactement cela !

Une complicité passa d'une femme à l'autre. Émeline, ses partitions à la main, installa son pupitre. Aimée la regarda préparer la salle à sa guise. Elle enviait ses gestes sûrs, sa joie rapide, sa rigueur aussi. Il y avait dans cette nuque haute un peu de cette prestance militaire qu'on apprenait à Claude et qu'il incarnait mal. Chez elle, cela semblait naturel. Émeline avait l'habitude d'être entendue et suivie : on lui obéissait, comme à un prêtre, ou un croque-mort. Son élève apprenait à obéir sans être une enfant, à suivre sans être une mule.

– Avant de commencer, cela vous dérange-t-il si j'ouvre un peu la fenêtre ? Il fait si chaud maintenant que l'orage est tombé.

Aimée dodelina.

– Si vous le souhaitez. Mais je n'y tiens pas.

Émeline avait la main sur la poignée.

– Qu'y a-t-il ? Vous semblez soucieuse.

Aimée soupira. Ses doutes paraissaient ridicules. Mais ils l'éperonnaient.

– Je crains qu'un bougre nous écoute s'il voit que la fenêtre est ouverte.

Émeline étouffa un rire de surprise.

– Je ne savais pas que les bougres aimaient la musique !

Aimée se détendit instantanément.

– Il y a vraiment un mauvais garçon sur le domaine ? demanda la professeure.

– Je ne sais pas, admit l'élève en tournant les talons. Pardonnez-moi, je dis des choses bêtes. Ouvrez la fenêtre, et ne parlons plus de tout cela.

Émeline fit entrer l'air, gonflé de pluie et d'électricité. Puis, d'un coup sec, elle referma la fenêtre, qui trembla sous la violence du geste.

– Maintenant que j'y pense, il y avait un garçon, au portail, la dernière fois.

– Oui, c'est Angelin, le fils d'Henria, la bonne.

Émeline opina. Sur son crâne, quelques mèches humides voltigeaient derrière les oreilles.

– Il m'a dévisagée puis a déguerpi comme un chat quand je suis descendue de voiture.

– Il vit ici, derrière la maison. Il est un peu sauvage, on ne l'entend jamais.

Émeline releva brusquement la tête.

– Sauvage, oui. Et c'est bien normal qu'on ne l'entende pas, le pauvre garçon !

– Que voulez-vous dire ?

La professeure scruta le visage de son élève.

– Mais enfin, on lui a coupé la langue.

La langue

Quand il vint contre elle, Aimée ne l'attendait plus. Candre se glissa dans son lit, réveilla sa femme en pressant dans son dos une paume tiède. La chambre avait été passée à la cire le jour même, l'odeur du bois propre se mêlait à celle du mari.

Pas un mot. Le frémissement montait de lui, comme d'un cheval qu'on licole pour la première fois. Aimée entendait dans son dos ce léger ronronnement.

Cette fois-ci, son corps, chaud et lourd de sommeil, appela dans ses creux, sur ses corniches, les gestes de Candre. Il s'enfonça en elle et pas un son ne jaillit de leurs bouches ouvertes, pas une larme de leurs yeux clos, ils avancèrent ensemble dans la chair, en un seul corps enfin rassemblé dans la nuit. Le désir avait ouvert et alourdi le sexe d'Aimée, qui attendait qu'on vienne défaire ce nœud au cœur des cuisses blanches. Candre arrivait au bon moment :

à mesure qu'il trimait en elle, les mains accrochées à ses hanches comme au bastingage d'un bateau, elle songea aux longues nuits sans lui, à imaginer mille choses, et ces mille pensées l'avaient préparée à l'accueillir de nouveau, sans honte et sans gêne, le dos légèrement tourné, la tête levée vers la fenêtre ouverte d'où les arbres lui parvenaient, recouvrant le souffle de son époux, serré contre elle. Elle croyait lui appartenir mais dans ce ventre qu'elle contractait elle retenait son corps à lui, le domptait, marquait la cadence.

Quand il se retira, elle sentit descendre un flot tiède et épais, qui s'écoula sur ses jambes et sécha sans qu'elle ne fasse rien, épuisée aux côtés de son époux. La paume de Candre passa sur le ventre, le bénissant d'une prière silencieuse avant de quitter le lit.

Cette nuit-là, Aimée s'endormit les jambes tachées, draps défaits. Les arbres chuchotèrent jusqu'à l'aube, car tout se passe toujours la nuit, les grands événements se cachent des lumières vives, craignant d'être brûlés.

Ses rêves furent sans ombres et sans fantômes, pleins de cette lourdeur du vrai sommeil, qu'on trouve et vit rarement. La nuit poussa l'aube jusqu'après six heures du matin, pour les laisser, l'un et l'autre, reprendre des forces, refermer ce corps, et quand Aimée, enfin, ouvrit les yeux, le soleil pointait le museau par la fenêtre, fouinant dans sa chambre.

Elle cligna, chassa l'ombre et ses traces, puis, rejetant les draps, elle découvrit ses jambes où les filets de sang et de sperme séchés zébraient la peau claire et tendre. Elle admira ces lignes nouvelles qui roulaient sous le genou, se demanda quel goût pouvaient avoir ces nourritures indispensables à la vie vécue, puis elle quitta, comme une reine sa couronne, sa chambre pleine des deux odeurs. Elle descendit au petit salon sans avoir lavé ses jambes.

La table était mise, le mari lisait le journal. On le lui apportait du village chaque matin. En le voyant, les deux mains aux pages, les cheveux peignés, veste épaisse fermée sur un pull en laine, Aimée se demanda si elle avait rêvé. Rien ne changeait en son époux. Lui ne traînait pas aux jambes les traces de ses entrailles et de celles de sa femme, lui n'avait pas entre les cuisses une douleur légère. En avançant jusqu'à la table, elle fixa son mari, le nez dans ses feuilles, devant la table dressée, la lumière jouant sur ses tempes. C'était donc cela, un homme riche.

Il replia son journal et lui sourit.

– Comment vous sentez-vous, aujourd'hui ?

– Bien, je crois.

Il passa dans sa nuque une paume large. Aimée se souvenait de cette main dans son dos.

– Nous aurons un enfant, Aimée.

Il la regardait, avec dans les yeux et aux lèvres

cette douceur désarmante, ce sérieux d'homme seul depuis l'enfance.

– Est-ce Angelin qui vous apporte le journal du village, le matin ? demanda soudain Aimée.

– Non, c'est un de mes hommes qui travaille à l'atelier. Il vit près de l'église, dans la petite maison aux volets rouges. Vous l'avez déjà vu, le jeudi.

Aimée se figura, vaguement, un homme d'épaules vastes et de cheveux blonds.

– Angelin ne sort jamais du domaine ?

Candre se redressa sur son fauteuil.

– Rarement.

– Pourquoi ? C'est un garçon si jeune. Il ne connaît personne d'autre que vous et sa mère ?

– C'est bien suffisant pour les hommes de cette sorte, renifla Candre en portant à ses lèvres une tasse brûlante.

– Ce n'est pas bon qu'il reste ainsi, conclut-elle.

Aimée baissa les yeux sur le jardin. Elle guettait la réaction de Candre mais n'osait provoquer son regard, elle se savait sur un fil : la nuit avait passé, si tendre et longue, ils s'étaient trouvés, et voilà qu'elle parlait, plus que d'ordinaire, plus qu'elle n'avait jamais parlé depuis son arrivée.

– Vous êtes en voix, ce matin, dit-il en froissant nerveusement son journal.

– Je vous demande pardon, je ne voulais pas vous offenser.

La main de Candre passa du journal au poignet de sa femme.

– Vous êtes ici chez vous, Aimée, ne l'oubliez pas.

Son regard était figé sur l'immense saule devant la maison.

– J'ai des choses à vous demander, Candre. Et je ne sais comment vous le dire...

– Je vous écoute.

Il n'avait pas retiré sa main.

– Parlez-moi d'Angelin. Et d'Henria.

Elle sentit une légère pression et crispa ses doigts.

– Que voulez-vous savoir ? dit-il au bout d'un moment.

– Si je suis ici chez moi, je veux tout savoir des gens qui vivent avec moi.

Il desserra son étreinte et se laissa partir en arrière, s'affaissant très légèrement dans son fauteuil.

– Je ne sais que vous dire sur Angelin. C'est un pauvre garçon. Il est ici car il est le fils d'Henria et qu'elle m'a moi-même élevé comme un fils après la mort de ma mère. Son fils n'est pas mon frère, mais tous les hommes sont frères entre eux.

Candre parlait en levant le menton, le corps renversé. Il ne regardait pas Aimée : le maître des lieux s'adressait à quelqu'un d'autre, à une partie lointaine de lui-même, perdue dans les tissus de l'enfance, ou du deuil.

– Vous m'aviez dit, chez mes parents, qu'Angelin était muet.

– C'est exact.

– Vous m'avez menti.

En prononçant ses mots elle sentit ses entrailles

et sa gorge se nouer, tous ses membres se raidirent en un instant. Candre revint sur terre : Aimée ne détournait pas les yeux de lui. Dans les siens, elle vit l'éclat fugace et violent de l'interdit, mais il restait là, les deux mains sur ses cuisses, cherchant le mot juste, comme il le faisait toujours.

– C'est vrai. Je vous ai menti. Je ne voulais pas vous effrayer. Si vous savez ce qui lui est arrivé, vous devez comprendre que ce ne sont pas des choses à dire à une jeune femme que l'on souhaite épouser. Je vous demande pardon, Aimée.

Un corbeau picorait au jardin, le bec luisant sur l'herbe rase. Aimée ne le regardait pas, mais elle le voyait du coin de l'œil avancer, fiché sur ses deux pattes. Candre attendait qu'elle parle. Qu'elle accorde son pardon. Il avait raison : on ne raconte pas des horreurs pareilles, quand on prend noces.

– Comment est-ce arrivé ? souffla-t-elle.

Il inspira longuement.

– Le père d'Angelin, Léonce, était un homme bon, mais il avait détourné son âme de Dieu, et Dieu, naturellement, avait détourné sa bonté de lui. Nous sommes nombreux sur terre, et si fragiles, Aimée. Léonce faisait partie des hommes faibles. Il jouait aux auberges alentour, perdait l'argent gagné ici. Il a disparu un soir, nous ne l'avons jamais revu. Il devait de l'argent, que j'ai réglé, pour qu'Henria et son fils, devenu orphelin comme je le suis, ne soient pas inquiétés. Quand Angelin eut l'âge de sortir seul du domaine, la mauvaise influence de son père a fait surface : il voulait sans doute le connaître mieux, comprendre. Il a fugué, s'est mis à jouer aux mêmes endroits, aux mêmes heures tardives, s'est mis à perdre, des sommes moins importantes puisque sa mère ne lui donnait rien, mais tout de même. Il y a un an, deux apprentis ont ramené Angelin, un matin, la bouche enflée, suturée. On lui avait coupé la langue. C'est une chose affreuse.

– Qui l'a soigné ?

– Le médecin de Saints-Frères, accompagné d'un homme de feu.

– Un homme de feu ?

Candre tressaillit.

– Vous savez bien, Aimée, ceux qui soignent sans toucher. Quand ils ont ramené ce pauvre enfant ici, j'ai fait venir les chevaux pour qu'on le conduise à l'hôpital, et quérir le meilleur chirurgien, mais Henria ne voulait rien savoir. Il est resté près de deux mois sans voir le jour, et depuis, il n'émet plus le moindre son.

Sa voix se brisa doucement.

– Vous savez, Aimée, Angelin n'est ni un mauvais garçon ni un idiot. Il a payé cher sa mauvaise vie. Il ne faut pas lui en vouloir.

Puis il essuya la toile de son pantalon, plia sa serviette sur la table et se leva. La conversation semblait close. L'heure était au travail : assise à sa place, Aimée soupira. Angelin était donc de la race de son père.

– Suivez-moi, Aimée.

Elle sursauta. Candre se tenait dans l'encadrement de la porte, entre le vestibule et le salon. Son visage était si blanc, si lisse. Aimée obéit et, en se levant, elle se rappela les traces, sur ses jambes.

Candre tourna les talons, ils traversèrent le couloir sans un mot, passèrent devant l'escalier où Henria briquait la rambarde puis ils s'immobilisèrent devant la porte du bureau.

C'était la première fois qu'elle entrait ici. La pièce était un peu plus grande que la salle de musique. L'unique fenêtre, couverte d'un léger rideau gris. La lumière s'arrêtait à l'huisserie. Le dénuement de la pièce où se déroulaient les transactions de l'homme le plus riche du village frappa Aimée : pas de fauteuils, pas de sièges pour d'éventuels invités, pas de table à alcools ni de placards dérobés. Seulement une grande bibliothèque en chêne sur tout un mur, une horloge sombre en face, un guéridon avec une bible reliée posée dessus, et le bureau, long et étroit, comme un comptoir bas, où feuillets et notes étaient rangés dans des casiers ouverts, en bois plus clair et de mauvaise facture, à côté d'une petite lampe. Aimée s'immobilisa sur le seuil, ne sachant où s'asseoir ni quoi toucher, tant cette pièce était faite pour un seul homme, plongé dans les ombres, avec ses livres, ses ouvrages, ses pensées.

Candre se glissa derrière le bureau. Une chaise robuste était poussée contre la table. Il tira une caisse fermée par de petits loquets en métal, et la hissa sur son bureau.

– Venez, ne craignez rien.

Il l'ouvrit. Un instant, Aimée imagina qu'il en extirperait la langue d'Angelin, séchée entre deux livres. Elle eut cette vision cauchemardesque avant qu'il ne lève les yeux sur elle.

– Aimée, quelque chose ne va pas ?

Elle secoua la tête et chassa l'image de la langue, noircie et sèche comme un marque-page. Dans la malle, des feuillets empilés, deux petits cadres, une liasse de papiers attachés par une corde qui pelait.

– Voici ce qu'il me reste de ma première femme, souffla Candre. L'acte de mariage et celui du décès. Les titres de propriété que j'ai rendus, ensuite, à la famille. Quelques lettres de Suisse, envoyées avant sa mort.

Il tira les deux cadres avec précaution. Sur l'un d'eux, une jeune femme, en manteau et col de dentelle, fixait l'objectif, un petit chien à ses pieds.

– C'est elle ? murmura Aimée.

– Oui. C'est la seule photographie.

– Elle était fort jolie.

Aimée le pensait. La jeune femme avait un regard pâle et très doux. Ses cheveux, attachés strictement, tiraient en arrière ses pommettes peu marquées. Elle ressemblait aux statues des petites églises, aux contours ronds, incertains ; il flottait autour de ce regard blanc une promesse d'avenir tranché. Aimée comprit ce qu'avait ressenti Candre, la première fois qu'il avait vu Aleth : elle-même se sentit nouée, comme un jour de premier rendez-vous, en scrutant chaque détail de cette photo dont l'ombre conservait toute la beauté.

– Et ce petit chien ? murmura-t-elle.

Candre soupira.

– C'était un bâtard de chasse, trouvé quelques jours après l'arrivée d'Aleth. Elle avait grandi en compagnie d'animaux, la présence d'un chien lui manquait. Vous auriez vu sa joie, le jour où Angelin est arrivé avec cette bête dans les bras... Ce chien ne la quittait jamais.

Aimée comprit alors que la photo avait été prise juste après le mariage d'Aleth, que ce regard n'était pas celui d'une vierge, mais d'une épouse mélancolique. Elle pensa que ce serait bien d'avoir un petit animal avec elle, toute la journée, pour s'occuper.

– Où est-il, maintenant ?

– La pauvre bête n'a pas supporté la mort de sa maîtresse. Elle s'est enfuie quelques semaines plus tard. C'était un brave animal.

– Angelin l'avait donc bien choisi, pensa Aimée à haute voix.

Elle sentit Candre reculer d'un pas.

– Oui, pour cela, il sait faire.

Sur le deuxième cadre, fêlé à l'angle, un paysage de montagne aux pics enneigés, aux arbres forts et larges, couvait une vallée foisonnante, ensoleillée, piquée de fleurs et d'herbes hautes. Un bâtiment s'étalait en longueur sur le flanc droit.

– C'est là qu'elle s'est éteinte, dit Candre, en contournant sa table de travail. Vous pouvez disposer de ces documents. Tout ce que vous désirez savoir, Aimée, se trouve dans cette malle. Encore une fois, je vous prie de m'excuser, j'aurais dû faire cela plus tôt, et ne pas vous mentir à propos d'Angelin. J'ai mal agi.

Puis il quitta le bureau.

Aimée se sentit lourde. Les phrases de Candre se mélangeaient, l'odeur du bois sec, la pénombre de la pièce, ce bureau si austère et cette caisse si pleine d'un passé récent et d'un futur incertain, tout pesait sur ses épaules et son cœur. Elle en voulait à Candre, de son mensonge, de sa douceur aussi. Elle aurait préféré qu'il s'énerve, qu'il se cabre, qu'il ordonne, mais il était resté si simple et calme. Son époux prévoyait chaque parole, avait, dans ses manches, des cartes d'avance. Sa place à elle n'était pas là ; ces vieux livres, cette table, ces rideaux tirés composaient le royaume de son époux.

La photo d'Aleth dans son manteau attira son œil. Elle était si belle. Le col montait jusqu'à la ligne des mâchoires, délicate. En la regardant de plus près, Aimée scruta le chien endormi aux pieds de la jeune fille, la tête soulignée d'un collier épais contre les bas en laine, affaissé auprès de sa maîtresse. Aleth ne regardait pas exactement l'objectif, mais un point dérivé, ses yeux suivaient, derrière le photographe, quelque chose. Il émanait de son visage une telle douceur, Aimée se sentit si juvénile, si bête devant ce portrait qu'elle rangea au fond de la malle, au-dessus d'une enveloppe qui portait l'adresse du domaine, et au dos, celle du sanatorium où la jeune femme avait péri. Aimée l'ouvrit :

Mon cher Candre,

La lumière ici n'a rien à voir avec celle du domaine mais hélas elle ne soigne que l'âme. Je respire fort mal : les médecins disent qu'ils me guériront, peut-être. Je prie chaque soir pour toi, je t'espère bien entouré, attentif aux tiens comme tu l'as toujours été et le resteras, aux arbres et à ce beau domaine qui est ton premier enfant.

Que les jours prochains soient beaux, et les hommes bons avec toi.

Aleth

La lettre était courte. L'écriture minutieuse et tremblante. Celle d'une bonne élève fatiguée par son devoir. Aimée devinait la maladie qui immobilisait le bras, elle imaginait cette jeune femme aux yeux mauves, dans ce décor à la fois sublime et cauchemardesque. Les premiers sanatoriums, ouverts une dizaine d'années plus tôt, faisaient parler d'eux : on envoyait les malades en montagne pour les habituer au paradis. Candre avait choisi le meilleur établissement pour sa femme, on était venu la chercher, on l'avait emmenée, soignée, des infirmières s'étaient agitées autour d'elle. Aimée imagina Candre, à ce même bureau, penché sur cette lettre, relisant mille fois les quelques phrases tremblantes de cette femme qui mourrait bientôt, que l'argent, les soins, le grand air, la doublure du paradis ne suffisaient pas à ramener près de son époux. Aleth était morte six mois après son mariage, loin des siens, de sa famille, de son pays, de son petit chien, pensait Aimée en regardant son portrait.

La pénombre abîmait les yeux. Autour d'Aimée, les livres immobiles, les rares meubles en gros chêne et les rideaux épais la cernaient. Sur la table, les documents du passé, éparpillés, émergeaient de l'ombre. On aurait dit des pétales jaunes. Un léger dossier médical accompagnait la photo du sanatorium : il détaillait l'état des poumons, de la respiration, du sommeil, des battements de cœur de la patiente. Elle se déplaçait difficilement, ses yeux étaient rouges, sa vision floue, sa parole peu fluide et son corps fiévreux. On croyait à la tuberculose mais personne de son entourage proche n'avait été infecté. Pourtant, ça y ressemblait bien. Aimée frémit en lisant le relevé du médecin : la tuberculose, la maladie des pauvres, des domestiques, des gens de rien. La maladie des enfants maigres et des garçons de rue, la maladie des femmes versatiles et des domestiques.

Candre lui avait menti. À présent, il dévoilait tout, de son passé, de son domaine, il y avait la malle aux secrets, évidemment, mais dans les étagères tous les registres du domaine Marchère attendaient qu'on les dissèque. Il lui donnait accès à sa vie : son mari implorait son pardon en accordant ce qu'elle ne demandait pas. La langue coupée d'Angelin, pour des histoires de mauvais garçon, de jeu et de père disparu, la menait au cœur du cœur de son époux. En pénétrant ce bureau, elle devenait à son tour véritablement sa femme, plus seulement un ventre à remplir, une robe à plisser, une vierge à déflorer. Mme Marchère, dévolue au domaine, ce nouveau nom qui ne serait plus si nouveau une fois qu'elle saurait tout de la famille, de ce sang qu'elle partageait depuis la nuit dernière avec le fils unique.

Sur le guéridon, près de l'horloge, la bible en cuir luisait : Aimée s'approcha, caressa la couverture, un léger frisson parcourut son échine puis elle quitta le bureau, sonnée, sa colère contre Candre s'était évanouie, et le reste avec. Elle voulait dormir, rêver d'Aleth, des montagnes suisses où elle avait fini ses jours, si jeune.

– Vos parents, et votre cousin, seront présents dimanche pour le déjeuner.

Aimée n'avait pas touché à son assiette. La lecture des documents, les photographies, le bureau plongé dans l'ombre, tout cela vrillait son estomac. Le soleil inondait la nappe, les assiettes brillaient, Aimée clignait des yeux devant le potage brûlant. Au clos Deville, la mère d'Aimée n'aurait jamais permis qu'on montre, même en comité restreint, la vaisselle utilitaire. Ici, on buvait dans des verres en cristal, on mangeait dans des assiettes en porcelaine, mais les bouteilles restaient à la table.

Une fois chacun servi, on ne revoyait plus la bonne avant la fin du repas ou du dîner. Candre mangeait peu, et jamais de dessert. Il ne buvait pas, ne s'octroyait aucun plaisir de bouche. Aimée perdait du poids : elle suivait le régime alimentaire de son époux, mangeait moins qu'avant, plus lentement aussi, sauf au petit déjeuner où la faim gagnait sur la gêne. Candre s'en amusait : il lui demandait toujours ce qu'elle aimait, si elle désirait proposer, elle-même, un menu à son goût, mais elle refusait. Dans sa famille, les hommes mangeaient plus que les femmes, ils dévoraient. Ici, elle se sentait homme au côté d'un homme. Le soir, elle domptait son estomac, que le dîner ne suffisait pas à remplir. Quand elle se couchait, elle l'entendait gargouiller. Mais elle n'imaginait pas dévorer, au côté d'un homme si fin. Elle aurait eu l'air d'une gueuse, d'une crève-la-faim. Elle sentait comment son ventre, ses hanches et sa poitrine glissaient facilement dans ses robes, comment le froid l'atteignait plus vivement, mais dans ces moments, elle s'imaginait aussi puissante, aussi longue et sereine que son époux, elle voulait lui ressembler, porter sur elle cette élégance qui va aux corps maigres et aux visages impassibles.

Ce jour-là, elle n'avait pas faim. Son inquiétude s'était muée en fatigue extrême, son imagination bourdonnait. Elle sentait mille questions se bousculer en elle et chuter. Candre lui donnait accès à tout : ainsi, il n'aurait pas à répondre. Tout ce qu'elle voulait savoir se trouvait dans ce bureau noir, tout était là, il la laissait fouiner. « Fouiner ». Voilà ce qui lui coupait l'appétit. Candre l'avait mise devant cette table comme on met une enfant devant des crayons de couleur. Et maintenant qu'elle était revenue au salon, devant ce jardin somptueux soufflé par le vent d'est, au côté de son époux impeccablement vêtu, elle se sentait minable. Exténuée par ses questions. Son père aurait dit « son manque de jugeote ».

– Ils viennent ce dimanche ? Celui qui arrive ?

Un large sourire adoucit le visage de Candre.

– Oui, ce dimanche. Ils nous rejoindront ici, après l'office.

Instantanément, le cœur d'Aimée s'apaisa : les angoisses de la matinée, le bureau, le mensonge de son mari, les photographies, Angelin, tout s'évanouit dans cette annonce.

Depuis combien de temps n'avait-elle pas vu, embrassé ses parents ? Un mois, plus ? Il lui semblait que le temps, au domaine Marchère, se rembourrait de paille. Ses habitants s'enfonçaient dans ce foin, sans plus rien savoir des jours et des semaines. Émeline avait soufflé sur les journées d'Aimée, accélérant le rythme du cœur et des jours, mais maintenant qu'on parlait des Deville, qu'on annonçait leur arrivée prochaine – dans trois jours, trois jours ! – la maison entière était bousculée, elle prenait vie, on dresserait une jolie table, on se promènerait au jardin, on mènerait les chevaux à l'abreuvoir, peut-être qu'on marcherait en forêt.

– Depuis quand est-ce décidé ? demanda Aimée.

Un grand bol de soupe fumait. Le rouge montait aux joues et les yeux s'embuaient.

– J'ai écrit à vos parents la semaine dernière. J'ai

bien conscience, Aimée, de votre solitude ici. Je vois que la musique vous fait du bien. Je vois que vous en avez besoin plus que moi, et je comprends que nous sommes différents : j'ai été élevé dans l'isolement, le recueillement, le silence. Vous avez été élevée au grand air, avec votre cousin. J'aurais dû comprendre tout cela plus tôt, et ne pas vous tenir ici seule. Si vous le désirez, nous inviterons vos parents une à deux fois par mois. Votre cousin, s'il le souhaite, peut se joindre à nous quand il le veut.

Aimée n'en croyait pas ses oreilles.

– Pourtant, vous ne l'appréciez pas, souffla-t-elle.

– Votre cousin et moi-même sommes séparés par Dieu : je crois, et lui non. Mais s'il est un homme qui vous apporte de la joie, alors il m'en apporte aussi, car je suis heureux de vous savoir heureuse.

Candre redevenait l'homme qu'elle avait rencontré, la première fois, à la foire. En quelques heures, il avait reporté toute son attention sur elle, et cela lui plaisait.

– « Demandez, et vous recevrez, afin que votre joie soit complète. »

Aimée leva les yeux sur son époux. Il avait au visage la même expression qu'en un jour de prières : sa pensée était ailleurs, au-dessus d'eux.

– « Si quelqu'un ne prend pas soin des siens, et en particulier des membres de sa famille proche, il a renié la foi et il est pire qu'un non-croyant. »

Aimée l'écoutait : il connaissait par cœur les Écritures. Parfois, sa voix changeait, elle était plus profonde, et il récitait, comme cela, se nourrissait de ses propres paroles, insensible au paysage, à la vie autour de lui.

– Vous auriez voulu un frère ? dit Aimée en repoussant son assiette.

Candre revint sur terre.

– Tous les hommes qui croient en Dieu sont frères. J'ai des milliers de frères en ce monde.

– Je parlais d'un frère de sang.

Un long silence s'installa entre eux. Aimée ne bougeait pas. Son mari mesurait ses pensées.

– Vous savez qu'Henria m'a élevé comme un fils quand ma mère m'a quitté.

– Avez-vous déjà considéré Angelin comme votre petit frère ?

– J'ai pris, quand je fus en âge de tenir ce domaine, soin d'Henria et de son fils, et je le ferai toujours, quoi qu'il arrive. Ils ne sont pas mes domestiques, ils sont chez eux, ici. J'ai légué une partie des bois à Henria : s'il m'arrive quelque chose, elle est à l'abri.

Aimée eut du mal à cacher sa stupeur. Une femme de chambre, propriétaire en forêt d'Or ?

– Quant à Angelin, poursuivit Candre, nous sommes du même lieu, du même amour, mais nos pensées et nos vies ne s'accordent pas. Je tiens ce frère éloigné, et je l'aime comme cela. Comme Dieu aime ses enfants mal nés.

– Mal nés ?

Candre appuya si fort son pouce sur sa cuillère qu'il en dévia légèrement la ligne.

– Il est un agneau perdu, vous le voyez bien. Il ne faut pas lui en vouloir, Aimée. Vous pouvez m'en vouloir, être en colère contre moi, à cause de cet affreux mensonge, mais Angelin est ce que Dieu fait des âmes faibles, des pauvres garçons. Inutile d'en vouloir à une âme faible, si ce n'est pour la rendre plus faible encore.

Il relâcha sa prise. La cuillère, dans sa main, était tordue.

Treize heures approchaient et Aimée était fatiguée comme en pleine nuit.

– Je n'en veux pas à Angelin, et je ne vous en veux pas. Mais aujourd'hui, je vous demande, mon époux, de me dire les choses comme elles sont, comme elles étaient. Nous aurons un enfant ensemble un jour, et je ne veux pas que cet enfant soit une âme faible, à cause de nos propres mensonges.

Le visage de Candre s'illumina, soudain marqué par ce qui pourrait ressembler au bonheur. Aimée le trouva beau ; la joie, même fugace, donnait à son regard des nuances superbes.

– C'est mon vœu le plus cher, dit-il en souriant. Je ne vous décevrai pas, Aimée.

Puis il ajouta, en approchant la main :

– Je ne vous décevrai plus.

Aimée passa tout l'après-midi à imaginer le dimanche suivant, et les nuits qui le précéderaient, espérant que son mari viendrait, comme la veille, fouiller en elle, la tenir si fort contre sa poitrine, contre lui, que son corps pourtant fragile et lisse semblerait tout à coup grand et large. La nuit, Candre se transformait : dans l'ombre il n'était plus l'homme d'Église, à la peau si blanche qu'on devinait le trajet du sang sous elle, il n'était plus le fils Marchère, orphelin, de minable corpulence, sauvé par son argent et son nom. Il venait contre elle et son torse était chaud, ses cuisses solides. Aimée le sentait se déployer en elle et derrière elle, elle avait peine à croire que c'était le même homme, son souffle était différent et ses gestes certains. La caresse passait, tantôt comme une brise, tantôt comme une gifle, elle se sentait tenue et emportée, et malgré les semaines de retrouvailles impossibles, de sexe fermé, elle aimait cela, cette bête qui se glissait dans son lit et allumait en elle des feux vivants jusqu'au petit matin, elle aimait cela et elle en voulait encore, cette nuit et la suivante.

Amand Deville marchait vers sa mort. Une main sur la canne, l'autre sur le bras de son neveu. Son corps paraissait noyé dans son costume, seul le regard persistait à vivre. Ses grands yeux malins accrochèrent ceux de sa fille dès l'instant où il apparut, une fois le portail refermé, devant l'escalier du domaine.

Il avait vieilli de dix ans en un mois. Le départ d'Aimée avait vidé ses muscles, asséché ses traits, mordu sa jambe valide. La silhouette effraya la jeune femme : son père paraissait si faible. Claude à ses côtés le soutenait de son beau corps militaire, de toute sa prestance, un grand sourire fiché au visage, mais cette allure écrasait ce père auquel la joie des retrouvailles ne rendait pas ses couleurs. Derrière lui, Josèphe, toujours vêtue de sombre, semblait au contraire s'élever vers le ciel. Tandis que son mari se tassait, que son corps et la terre s'appelaient, elle quittait, à l'opposé, ce drôle de monde. Elle paraissait plus haute, plus mince aussi. Et ailleurs. Ses yeux passaient de sa fille à son gendre, du jardin à Henria, mais aucune émotion n'y transparaissait. Elle regardait, comme nouvelle en cette région, et Claude, aux côtés de son oncle, lui jetait de temps en temps un œil inquiet.

– Je suis si heureuse de vous voir, mes parents, mon cousin ! Venez !

L'émotion étreignait la voix d'Aimée. Tous les trois devant cet escalier, Candre à son bras, l'image était belle. Sur ses parents planait la promesse d'une fin : ils s'enfonçaient dans la vieillesse. Aimée embrassa chaleureusement son père et son cousin, plus poliment sa mère. Candre restait à sa place, il offrit son bras au père tandis qu'Aimée prenait celui de Claude, et toute la compagnie, derrière la silhouette massive d'Henria, remonta l'allée, passa sous l'arbre où Aimée crut, un instant, voir Angelin, puis ils s'arrêtèrent sur la terrasse, le souffle coupé, noyés dans la lumière.

– Quelle beauté, murmura Amand.

Sa main crispée serrait le costume de son gendre. La manche porterait tout l'après-midi l'empreinte de sa paume.

– C'est un cadeau du Ciel, répondit Candre.

– Je ne saurais que faire d'un cadeau pareil ! répondit le vieux.

Aimée avait du mal à le regarder. Il souffrait. Sa jambe, son âge, la chaleur. Sa mère cheminait derrière, habituée à cette souffrance. Amand avait-il toujours été comme cela ? Aimée sentit l'enfance s'effondrer en elle : jamais elle n'aurait pu imaginer son père dans cet état. Candre affichait à ses côtés un air aussi doux qu'impassible, comme s'il accompagnait un vieillard à un enterrement. Aimée le trouvait parfait, dans son rôle, présent mais silencieux, comme à son habitude, capable de s'imposer sans imposer sa parole.

– Dites donc, Candre, vous ne vous moquez pas de ma cousine ! rugit Claude, les mains sur les hanches, s'avançant sur la terrasse.

Aimée soupira. Son cousin était visiblement et sincèrement époustouflé par le paysage. Mais il n'avait pas changé : impossible de faire un compliment à un autre homme que lui-même.

– Je ne me moque jamais de ma femme, seulement de son cousin, répondit Candre, dirigeant Amand à l'ombre, près de la fenêtre.

Claude fit volte-face. Il interrogea Aimée du regard.

– Ton mari est toujours aussi charmant, grinça-t-il.

– Et tu es toujours aussi jaloux.

Candre fit entrer ses beaux-parents dans le salon, la table était dressée là où le couple prenait le petit déjeuner. Aimée l'entendit expliquer à Josèphe :

– Nous avons une salle de réception, mais j'ai pensé qu'il serait plus agréable pour vous de profiter du paysage, et de voir où votre fille commence ses journées ; c'est l'endroit le plus agréable de la maison...

Elle se tourna vers son cousin et lui chuchota à l'oreille :

– L’endroit le plus agréable de la maison, c’est mon lit.

Claude éclata de rire. Sa cousine pencha la tête sur son épaule, juste ce qu’il fallait pour ne pas éveiller la honte de sa mère et les reproches de son époux. Elle se sentait si libre et si puissante, entourée de ces deux hommes, jeunes et robustes, qui l’aimaient chacun à leur façon. Claude, la tête haute et les cheveux brossés en arrière, ressemblait à un général aguerri. Aimée sentit sous sa veste la dureté des muscles nouveaux, son cousin s’était épaissi. Les traits de son visage s’étaient affinés, il n’avait plus aux joues et au menton cette bouille qu’Amand adorait et pinçait. Seule la voix et l’arrogance tenaient encore du garçon plus que de l’homme. Le reste était déjà façonné par l’école militaire, par l’amour des chevaux et la vitesse des courses. Le jour où son insolence deviendrait du véritable orgueil, elle l’aurait tout à fait perdu.

Dans la maison, Candre installa ses beaux-parents à table, pendant qu’Henria époussetait les fauteuils. Aimée l’entendait parler des livres de sa bibliothèque, demandait si les chevaux du domaine se portaient bien, si Amand envoyait toujours quelqu’un à la foire. La voix de son père lui parvenait par bribes.

– Mon père est malade, Claude. Personne ne m’a rien dit, souffla-t-elle.

– Il n’est pas malade, il est vieux. Que voulais-tu que j’écrive ? « Aimée, sois forte, ton père vieillit » ? Tu n’as pas écrit non plus...

Claude avait raison. Son mariage l’avait emportée

à moins d'une trentaine de kilomètres de la maison familiale, mais elle se sentait d'un autre pays, lointain, encaissé dans la vallée.

– Tu étais avec eux, j'ai pensé que tu veillerais.

– C'est ce que je fais. Mais Aimée...

Il secoua la tête.

– ... je vais bientôt partir, à Joigny. J'assisterai les généraux. On dit qu'il faut cela pour avoir sa place là-bas, plus tard.

Aimée sentit son ventre se nouer. Alors il partait. Pour de vrai.

– Quand ?

– À la fin du mois.

Elle imagina la vie de ses parents, sans Claude, entre les déjeuners dans la grande salle et les promenades, de plus en plus courtes, au jardin.

– Qu'en disent mes parents ?

– Amand est très fier de moi.

Il avait déclaré cela en relevant la tête, comme il le faisait enfant. Aimée sentit dans sa poigne, contre son bras, passer tous ces moments insignifiants et répétés qui les avaient menés là, ensemble, devant ce paysage déserté par la vie, gonflé d'arbres et de secrets, où leurs chemins se sépareraient bientôt. Il était venu pour ça : pour lui dire qu'il partait.

– Tu vas me manquer, Claude.

– J'espère bien que je vais te manquer, sinon ça ne sert à rien que je parte ! dit-il dans un éclat de voix.

Après le café, Amand et Josèphe s'installèrent sur la terrasse. Candre avait fait sortir des banquettes et tendre une toile blanche, épaisse, qui jetait sur la pierre sa fraîcheur. Le déjeuner s'étira jusqu'à seize heures. On discuta gentiment du nombre, de la taille, de la couleur des chevaux de la foire ; Josèphe murmura que cette année, ils n'iraient pas, l'événement devenait trop éprouvant pour le cœur et la jambe valide de son époux. Claude, dans son coin, écoutait sa tante, veillait sur son oncle. Il ne disait pas grand-chose, pour une fois.

– Je suis surpris, Claude, dit Candre en se tournant franchement vers lui.

– Eh bien ! Pour quelle raison ?

– On ne vous a pas beaucoup entendu. Je suis presque déçu, lors de mes visites au clos Deville, vous étiez si bavard.

Aimée ne put réprimer un fou rire qui se propagea

entre les invités. Elle devina l'exaspération de son cousin, à sa mine pincée.

– C'est que je suis un peu soucieux... Vous savez ce que c'est, avoir du souci, maintenant que vous êtes marié, cracha-t-il.

Candre se figea.

– J'avais déjà été marié avant, je sais ce que cela signifie, et je sais que cela est beau.

Aimée vit au visage de son cousin monter la honte et la gêne. Un frisson gagna Amand, et Candre se leva de suite pour attraper un grand châle de laine plié sur la table, parfumé au pin sylvestre.

– Je suis désolé, dit Claude – et même Josèphe sursauta.

Il ne s'était jamais excusé auprès de quiconque. Son air honnête, son corps légèrement recroquevillé et ses yeux, qui cherchaient dans ceux de Candre un pardon rapide, émurent sa cousine. Son père vieillissait, sa mère se terrait, et son cousin quittait doucement l'âge des garçons pour celui des hommes.

– Ce n'est rien. Cela m'aurait inquiété que vous ne fussiez pas un peu bravache ! Allons, Aimée, montrez le domaine à votre cousin, moi je reste ici avec Josèphe et Amand. Ce grand cavalier a besoin de se dégourdir !

Il accompagna ses mots d'un geste de prêtre, deux doigts qu'on lève sur les têtes innocentes, alors Aimée et Claude obéirent, comme des enfants heureux qu'on libère de table. Ils pénétrèrent le paysage en contournant la maison, elle accrochée à son bras, lui toujours mal à l'aise de sa mauvaise plaisanterie ; ils avançaient vite, étourdis par la nourriture et l'odeur des pins.

En remontant, ils passèrent devant la fenêtre de la salle de musique. Ils bifurquèrent avant les écuries et parvinrent à la clairière taillée par les ouvriers pour entreposer le bois fraîchement abattu. Le maître des lieux refusait qu'on empile en plusieurs endroits de la forêt : les troncs, une fois tombés, arrivaient ici. Aimée et son cousin se glissaient entre les grumes, l'air était plus chaud, l'odeur de bois déshabillé montait aux narines. Au-delà de la clairière, le chemin, élargi, virait dans l'ombre, Aimée n'y voyait rien, il lui semblait qu'un embranchement séparait le sentier en trois directions. L'une d'entre elles allait directement aux écuries, formant une courbe dans la forêt, où les palefreniers rafraîchissaient, en été, les chevaux.

– Tu as grandi, Claude, dit-elle en s'asseyant sur un tronc qui roula légèrement.

– Il fallait bien que cela arrive.

Son cousin restait debout, flairant autour de lui.

– Viens t'asseoir. On dirait que tu as peur.

Il jeta sur elle un regard surpris.

– Parce que toi, tu n'as pas peur, peut-être ? Regarde où nous sommes. Vraiment, Aimée, regarde autour de toi. Des arbres et un mari curé. Une jeune fille n'a rien à faire ici.

– Je ne suis plus une jeune fille, Claude.

Il dodelina.

– Il fallait bien que cela aussi arrive, murmura-t-il.

Puis il fit le tour d'un tas de troncs secs. Sa main passait dessus, comme celle d'Émeline dans le dos de son élève, oui, c'est cela qui glissa sur elle au moment où Claude disparut derrière les grumes. Émeline tournait le jeudi autour d'elle comme cet homme dans cette clairière.

– Une fois que tu auras son enfant, tu ne pourras plus sortir d'ici.

La voix de Claude montait entre les arbres.

– Arrête de dire n'importe quoi.

Il bondit près d'elle.

– Je dis la vérité, Aimée. Tu es certaine de toi ? Finir ta vie dans la forêt avec un homme qui préfère Dieu aux femmes ?

– Oui.

Elle déglutit : la chaleur l'enserrait. Claude vint s'asseoir, la prit contre son torse et la berça, les deux enfants étaient revenus. Et ils tremblaient de peur.

– Qu'est-ce qu'il se passe, Aimée ?

Il continuait à tanguer en lui parlant. Elle entendait son cœur battre sous cette lourde poitrine et ce cœur paraissait si fort, inépuisable. *Un cœur de bœuf*, pensa-t-elle en se laissant aller à son rythme.

– J'ai besoin que tu fasses une chose pour moi.

Elle gardait les paupières closes. Claude continuait à marteler dans son oreille la mélodie de sa vie, qui battait, battait, battait.

– Tout ce que tu veux, ma cousine.

Autour d'eux les oiseaux se cachaient dans les cimes, on les entendait frôler les branches et lancer des chants fragiles.

– Je veux que tu ailles dans toutes les auberges, dans toutes les places de jeux des alentours. Demande si Angelin, le domestique de Candre, est venu. Demande partout. Ce n'est sans doute rien, mais j'ai besoin de savoir, d'être certaine, tu comprends ? Pour rester ici, je dois être sûre des gens qui vivent avec moi. Va demander, Claude.

Sous sa joue la poitrine de Claude tressaillit. Mais il ne cessait de la tenir, comme s'il voulait qu'elle s'endorme contre lui. Le visage de sa cousine lui paraissait si blanc, sa peau si fine. Elle prenait, peu à peu, l'aspect de Candre.

– D'accord, je ferai ce que tu veux. Mais c'est parce que c'est toi. Il y a des endroits où les choses doivent rester cachées, et secrètes. Tu me demandes d'aller fouiller dans ces lieux. Tu dois avoir bien peur, ma cousine.

– Je t'expliquerai pourquoi une fois que ce sera fait. N'en parlons plus.

Alors il l'enlaça, serra contre son torse ce corps frêle et magique, et les oiseaux se turent pour de bon.

Le soir, Candre vint et resta longtemps. Aimée pensa qu'ils dormiraient ensemble, mais au moment où elle le croyait assoupi, il se glissa hors des draps. Elle se sentait épuisée de la journée, de sa nuit aussi ; son mari s'était particulièrement accroché à elle, presque douloureusement, et pour la première fois elle avait senti autre chose que sa douceur, une forme de rudesse, de violence venue d'ailleurs, qui l'avait rendu plus dur, plus vif. Son sexe lui fit mal longtemps après, elle se tint là, les jambes écartées, couchée sur son lit comme une malade qu'on va examiner, pendant que l'aube arrivait et, avec elle, le souvenir de sa conversation avec Claude.

Elle voulait croire Candre. Plus que tout. Elle le voyait, chaque jour, aménager l'espace et le temps selon ses goûts, elle lisait en lui une attention qu'elle ne connaissait qu'aux nourrices et aux mères, et cela la touchait, profondément. Pourtant, un doute persistait. À peine un frôlement. Mais elle le sentait en elle, quand la maison se taisait, que les arbres murmuraient à la fenêtre. Elle entendait, dans cette discussion hors des hommes, une parole autre, du passé, elle en frissonnait et sa confiance s'évanouissait. Une pièce du puzzle manquait. Elle avait tous les documents, les adresses, les photos, elle pouvait fouiller mille fois le bureau de son mari, pourchasser Henria chez elle ou dans la cuisine, elle avait accès à tout cela, mais il lui semblait, au fond d'elle-même, que le domaine ne lui était pas encore acquis ni ouvert, que des ombres obstruaient sa mémoire et se jouaient d'elle. Elle ne l'expliquait pas : elle le sentait. Comme on reconnaît la peur ou le désir qui monte. La venue de Claude et des parents était une bénédiction : il ferait son enquête, et tout rentrerait dans l'ordre.

Depuis qu'elle savait la vérité, pour Angelin, elle rêvait qu'on lui prenait sa propre langue : sans douleur ni cri, une main d'homme tirait dessus et elle se décrochait comme une poignée de porte. L'homme – une femme n'était pas capable d'un tel acte – sans visage repartait avec ; alors Aimée s'éveillait, perdue, vérifiait sa langue dans sa bouche et se rendormait. Le jour, elle s'imaginait ce que ce pouvait être de vivre, dans le souvenir de cet arrachement qui, lui, avait dû être douloureux et terrible, de vivre auprès de sa mère qui subvenait à tout et de ce grand frère riche différent par le sang mais à un même sein fortifié. Elle tentait de se figurer la vie d'Angelin, ses pensées, ses chagrins, mais leurs mondes, s'ils se croisaient, ne s'épousaient pas.

Elle quitta la chambre tôt. Le lundi, elle se levait toujours à cette heure particulière où le soleil teintait la forêt d'un bleu pâle, presque rosé qu'elle aimait regarder en prenant son petit déjeuner. À présent, la maison lui était familière : elle reconnaissait ses bruits, ses soupirs, elle savait où se trouvait Henria, devinait le pas de Candre. L'aube était son royaume : elle se sentait, enfin, à sa place.

Elle traversa l'entrée comme une reine ; sa robe de chambre, pourtant nouée, traînait un peu. Dans la faible lumière matinale, ses cheveux voletaient au-dessus de son front.

Elle s'immobilisa sur le seuil du salon. Deux hommes, deux cochers, en tenues brunes impeccables, se tenaient près de la table où Candre, assis, les écoutait. Ils parlaient, se penchaient vers lui ; le maître des lieux ne bougeait pas.

Elle avança d'un pas dans la pièce. Les cochers se retournèrent et saluèrent bas. Ils avaient des yeux fatigués et des traits tombants. Chacun tenait sa casquette dans sa main, ils ne s'attendaient pas à la voir, dans ce petit matin, et lorsqu'elle vint vers eux ils reculèrent, habitués aux chevaux plus qu'aux femmes.

– Aimée, dit Candre, en se levant, Aimée, venez.

Il tendit les mains vers elle.

– Qu'y a-t-il ? Vous semblez soucieux.

– Oh, Aimée !

Il gémit presque. Sa voix était montée soudainement. Il l'attira contre lui, ses épaules parurent plus larges, plus solides.

– Votre père n'est plus.

Elle tenta de se dégager. Qu'avait-il dit ? Dormait-elle encore ? Non, il la tenait fermement dans ses bras ; elle se mit à trembler.

– Aimée, je suis navré. Je suis là, et je vous aime.

Il la serra plus fort encore, si fort que ses larmes, silencieuses, disparurent dans le velours de sa veste. Les vêtements de Candre buvaient les sanglots de sa femme, ses bras attrapaient la fièvre et la douleur. Ils se tenaient là, enlacés, devant les yeux vides des cochers qui finirent par disparaître.

– Il était là hier, gémit-elle. Hier ! Comment est-ce possible, Candre ?

– Asseyez-vous.

Il la guida doucement jusque sur une méridienne, dans l'ombre. Aimée s'effondra : Candre s'agenouilla devant elle. La pâleur de son visage, dans ses yeux noyés, semblait si douce.

– Ces messieurs sont arrivés à l'aube pour nous prévenir : votre père s'est senti mal en arrivant au clos Deville. Il a passé dans la nuit. Votre mère dit qu'il voulait vous voir avant de partir. Dieu lui a donné cette chance.

Dieu. Comme ce mot signifiait tout, pour Candre. Quand il parlait de Dieu, il y croyait tant qu'elle aurait pu à son tour y croire, pour apaiser sa gorge brûlée par les sanglots.

– C'est trop tôt Candre, beaucoup trop tôt.

– Je sais ce que cela signifie, Aimée, croyez-moi, je le sais.

Dans son chagrin, le visage d'Aleth, sur la photo, avec son petit chien et son air de jeune fille sage, s'invita une seconde avant de s'effacer. Candre connaissait la mort, il la côtoyait de près, depuis son enfance, il savait ce qu'elle vidait et remplissait, dans les os, dans la chair, sur la langue, et le trou qu'elle creusait, cette mort, en pleine poitrine. Il avait tendu les mains, bandé ses muscles, rentré ses épaules, prêt à en découdre une fois de plus, à prendre pour lui le chagrin de sa femme et elle le ressentait, là devant elle, ce vieillard de trente ans, tout blanc de mort, tout plein de Dieu : il comprenait.

– Claude doit être effondré, murmura-t-elle. Et ma pauvre mère !

– Si vous souhaitez que votre mère vienne vivre ici, ce sera avec joie, Aimée. Je ne peux pas dire la même chose de votre cousin.

Un sourire passa dans ses larmes. Candre la faisait rire. Il avait réussi à la faire rire. Autour d'eux, la pièce était chargée des fantômes.

– Aimée, votre père sera enterré mercredi. Dans votre village. Si vous souhaitez rejoindre votre mère et votre cousin, aujourd'hui ou demain, quand cela vous conviendra, les cochers seront à votre disposition. Je m'occuperai de prévenir votre professeure de musique, pour le prochain cours et...

– La prévenir de quoi ?

Candre eut un geste de recul. Elle avait haussé le ton.

– Eh bien, de la mort de votre père. Vous n'êtes pas en état de prendre un cours de musique.

– Je crois, au contraire, que j'en aurai grandement besoin. Faites-la venir jeudi, à l'heure prévue.

– Vous êtes bien sûre ?

Aimée se pencha sur lui.

– J'en suis certaine.

Le tremblement était passé du corps à la voix.

– Je partirai ce soir retrouver ma mère.

– Je vous rejoindrai mercredi, alors. Je suis à votre disposition, Aimée. Dieu est avec nous.

Elle soupira longuement, les yeux fermés, se balançant.

– Dieu est peut-être avec nous, Candre, et nous sommes ici, seuls.

– Alors, faisons de notre mieux.

Il se leva et son genou craqua. Il tendit les bras à Aimée, elle s'y glissa, puis il la conduisit à sa chambre, où elle dormit longtemps, prisonnière d'un sommeil chargé de cauchemars, et de souvenirs.

Même les chevaux avançaient sans bruit. Le trajet parut court. Aimée pensait à sa mère : à présent, Josèphe vivrait seule. Avec des ombres et des souvenirs.

Elle n'avait jamais connu Josèphe autrement qu'au côté de son mari. Non, elle avait connu sa mère avec son père, indissociables et tendres envers leur enfant sans l'être l'un envers l'autre. Que deviendrait-elle ? Claude resterait-il au clos Deville pour qu'elle puisse continuer entre ces murs ? Fallait-il qu'Aimée lui propose de venir habiter au domaine, dans cette maison qu'elle n'aimerait jamais, si différente de la sienne ? Est-ce qu'elle continuerait, seule, à traverser les couloirs, à monter l'escalier, à passer la main sur les surfaces de son enfance ? Josèphe. Même son nom était celui d'un homme. On ne l'avait pas appelée Joséphine. On lui avait, dès la naissance, imposé cette présence masculine jusque dans la voix, dans l'appel.

Josèphe était la femme d'Amand, Josèphe était le nom d'un mari, d'un père ou d'un frère, et maintenant que les hommes désertaient un par un sa vie, Aimée tentait d'imaginer où ce reste d'existence prendrait racine. Elle ne savait pas si sa mère aimait, respectait, craignait Candre. Elle ne savait pas ce qu'elle pensait du domaine Marchère, de ses robes nouvelles, de cette vie éloignée de la sienne. Aimée ne savait rien de sa mère. Et sans doute sa mère ne savait-elle rien d'elle non plus.

Les grilles du clos étaient fermées. Les prés autour de la jolie demeure parurent tristes et pelés, la lumière du soir tombait dessus comme de la craie mouillée. Aimée reconnaissait son enfance mais dans l'allée que les chevaux remontaient au trot, elle sentit son cœur rétrécir : elle n'aimait plus cette maison. Tout était évident, à ras d'œil, la lumière se promenait partout. Les murs étaient clairs, même à la nuit tombée on discernait la forme des pierres et l'encadrement des fenêtres. C'était une maison à vif, soumise au deuil et à la perte, indolente dans ce paysage où la forêt ne grignotait pas les hommes. Aimée se sentait défaite ; son père l'avait quittée, et l'amour des lieux avec lui.

Josèphe l'attendait devant la porte. Aimée lut la peine immense que son buste bien droit et ses traits bien tirés ne dissimulaient pas. Elle se pressa contre elle avec tendresse, mais ses bras lui parurent incapables d'affection, son chagrin raidissait son corps entier.

– Tu es venue bien vite, ma fille, dit Josèphe en reculant d'un pas.

Son regard passa sur elle et Aimée crut perdre dix ans d'âge. Les yeux glissaient, inspectaient son col, ses boutons, son manteau, ses bas, à la recherche d'un mouton de poussière, d'une mèche échappée, d'un fil usé. Les mêmes yeux. Dans le deuil, ils remplissaient leurs missions. Ils contrôlaient tout.

– Où est-il ? demanda Aimée.

– Dans la chambre verte.

– Je voudrais le voir maintenant.

Les yeux quittèrent la robe pour le visage.

– Si tu le souhaites. Je fais ranger tes bagages. Tu en as bien peu.

– Je ne reste pas longtemps. Où est Claude ?

Josèphe soupira.

– Dehors, au village. Tu connais ton cousin. Il a retardé son départ pour Joigny.

– C'est bien.

La mère regarda sa fille disparaître dans la maison. Les marches grincèrent : jusque dans l'allée on entendit Aimée monter voir, une dernière fois, son père adoré. Josèphe resta ainsi, un long moment, les yeux perdus dans le paysage, ces prés, ces arbres et ces fleurs, voilà ce qu'il lui restait, voilà ce qu'elle gagnait de cette vie à être là sans rien dire ou à dire à voix basse sans être entendue. Des herbes folles et une grande maison vide.

Amand portait son uniforme et, glissée dans sa paume, la cravache de l'armée ressemblait à un long épi de blé noir. Sa veste lui bombait le torse. On lui avait donné des airs de militaire mort au combat. Le visage était gris, les chaussures brillaient. Une lampe brûlait sur un guéridon près du lit : quand Aimée entra, il lui sembla ne voir qu'un visage endormi faiblement éclairé, que le corps aurait quitté pour que l'on ne se souvienne que de cela, de cette figure paisible, pas de la jambe malade, pas de l'accident de cheval. Juste Amand, sa douceur, ses traits fins, sa mine basse mais joyeuse. Dans la mort, les traces de sa bonté persistaient, Aimée s'attendait à voir ses fossettes se creuser soudainement, elle imagina qu'un sourire viendrait illuminer ce gris pâle, et tandis qu'elle approchait, elle comprit, dans la pénombre, les mots de Candre.

« Dieu est avec nous », murmura-t-elle.

Un fauteuil couvert d'un coussin bleu jetait ses ombres sur les murs. Aimée s'y enfonça : elle se souvint de ce père, de ces mots quand il avait accueilli le fils Marchère.

Et s'il est sur cette terre meilleur garçon
que ses semblables, alors je crois en lui.

La voix de son père l'avait toujours rassurée. Elle ne l'entendrait plus ; désormais, elle ne pouvait que s'en souvenir, dans un autre lieu, loin de ce paysage simple qui avait poli cette voix. C'était cela qui manquerait le plus : la voix d'Amand. Même vieillissante. On lui retirait un pétale de sa jeunesse ; bientôt ne resterait de ce temps, dans cette maison, que le cœur, frileux et seul, de Josèphe.

« Dieu est avec nous et tu es encore », redit-elle, très doucement, comme pour ne pas le réveiller.

Il avait au visage une expression mélancolique, que la mort ne figeait pas : au contraire, elle accentuait cette drôle de douceur, au creux de cette journée où les souvenirs se cognaient, craignant d'être perdus à jamais. Amand, lui, gardait pour l'éternité une expression discrète, dénuée de douleur. On l'avait habillé en soldat et il mourait avec la figure d'un prêtre.

La chambre était petite. Aménagée pour recevoir un mort, au premier étage, elle donnait sur l'étang à l'arrière de la maison, au bord duquel Aimée et Candre avaient cheminé ensemble. Le ciel s'arrêtait aux vitres. Aimée, en montant l'escalier, avait pensé que la mort aurait envahi la chambre. Elle se trompait : seule l'absence nichait dans cette pièce aux murs verts. La mort, elle, attendait dehors qu'on lui amène enfin son nouveau passager.

Aimée resta longtemps au chevet de son père. Elle se perdait dans ses songes. Un instant, elle s'assoupit : un coup porté à la porte la tira de ses pensées.

– Si tu as faim, le dîner est prêt, murmura Josèphe, sans entrer.

D'abord, elle s'indigna que sa mère puisse penser

à ces choses-là, dans un tel moment. Puis elle se rendit compte qu'elle avait faim : elle n'avait rien avalé depuis la veille au soir.

En quittant ce bord de lit habité par un monde étrange, celui des défunts et des fantômes, Aimée pensa à Candre. Il mangeait peu parce qu'il connaissait la mort de si près qu'il était préparé à l'accueillir, à se faire porter par elle. À l'aimer. « Dieu est avec nous », souffla-t-elle une dernière fois en quittant son père.

Devant la terre fraîche, retournée la veille, on se tenait droit. Claude ne portait pas son uniforme. Son cheval était resté à l'écurie. La plupart des gens ne l'avaient jamais vu si longtemps pied à terre : son long corps, détaché de ses racines, était fait pour la vitesse, l'air, et la bête. Là, dans ce cimetière emmaillоté de tilleuls, le cousin tanguait sous le ciel, bousculé par son chagrin, dépossédé de son cheval qu'il aurait pu, au moins, tenir par la bride pour occuper ses mains. Il attendait, entre sa cousine et sa mère adoptive, qu'on ferme sur le cercueil d'Amand le couvercle de la terre, qu'on le laisse tranquille, enfin, cet oncle qui lui avait tout appris : les armes – l'uniforme – le cheval. Au milieu de ses semblables il fermait les yeux, s'imaginait dans la cour de Saumur, ou de Joigny, qu'il rejoindrait bientôt, on lui donnerait un bel animal, un palefrenier, un commis, sa chambre s'ouvrirait sur la Loire ou sur un pensionnat de jeunes filles, il resterait beau, c'était cela son trésor, son corps et ses traits, burinés à coups d'entraînements, de conseils et de répétitions. Amand lui avait appris la distinction ; cependant, il ne se taisait jamais. Sauf en ce jour.

– Tu m'inquiètes, Claude, souffla Aimée.

Il pencha la tête vers elle. Il n'osait jeter un œil sur la tombe ouverte, ce trou l'aurait englouti.

– J'ai l'impression que je suis plus triste que toi. Ton père était si bon, Aimée. Comprends-tu ? Je ne connaîtrai jamais un autre homme tel que lui.

Depuis que son cousin était rentré, Aimée l'avait trouvé dur. Cassé. Il avait à peine frôlé sa cousine. Il parlait par à-coups – « oui », « nous ferons cela », « ce sera à telle heure » –, sa voix était comme une porte claquée par le vent, elle battait au grand air, désespérée. Claude avait perdu plus que son oncle ; sa vie, déjà mutilée, s'effritait un peu plus, et dans ces saccades Aimée voyait comme les hommes restaient, à jamais, des garçons, vifs, chahuteurs, déséquilibrés par la perte. En elle, le chagrin creusait des galeries : Amand était parti, elle avait vécu à ses côtés des jours forts et heureux, dont elle emplissait ces chemins intérieurs. Dans sa douleur, une voix apaisée lui murmurait qu'elle avait eu de la chance ; elle aimait son père mort autant qu'elle l'avait aimé vivant. Claude, lui, comprenait ce qu'il perdait, et sous son âme s'ouvrait un vide immense, au bord duquel sa fierté reculait. Alors il ruait.

– Regarde ces gens, Claude.

– Je me fiche de ces gens.

– Taisez-vous, tous les deux ! gronda Josèphe.

Elle n'avait pas versé une larme, sa voix s'était transformée en marteau, chaque mot tombait, elle était lourde et dure. Ses enfants louvoyaient dans la maison depuis deux jours : rien ne changeait dans leurs rapports, leurs horaires, leurs places. Ils dormaient dans leurs chambres, se levaient après l'aube, déambulaient entre l'étang et les écuries. Le cadavre d'Amand occupait tant d'espace, on préférait ne rien dire, être à sa place, finir son assiette et fuir dehors ou à l'étage, près du mort et loin de Josèphe. La famille se délitait avec le départ du cavalier boiteux et, dans cet ordre – « Taisez-vous ! » – Aimée et Claude retrouvèrent, soudain, la candeur d'avant. Un seul mot, et une braise chauffait dans la foule noircie de chapeaux, de robes et de costumes, de voiles et de chaussures cirées. Derrière la famille Deville, Candre accompagnait Aimée, discrètement ; il avait tenu à se placer là. Claude sentait son regard sur sa cousine, son souffle dans sa nuque. Lui tenait Aimée au bras, mais Candre l'immobilisait par sa seule présence.

La foule formait un arc de cercle autour de la tombe. Le prêtre qui avait marié Aimée officia longuement, posté devant le cercueil, s'adressant au mort plus qu'aux vivants ; on sentait dans sa voix, pourtant habituée, une légère oscillation.

– Nous vous perdons uniquement si nous vous oublions. Nous sommes votre tombeau, Amand, et cela, chaque âme présente l'entend et l'apprend.

Aucune fleur ne fanera sur cette tombe, aucune voix n'écorchera votre nom, aucun vent n'emportera votre maison. Vous êtes un homme bon. Vous méritez Dieu plus que quiconque.

Candre vacilla légèrement. Aimée faillit se retourner. Que pensait-il, relégué au second rang, de ces mots-là ? Qu'avait-il ressenti, quand on avait enfoui sa mère, puis sa femme, dans cette terre, sous ses yeux habitués au ciel, aux arbres et aux ombres ? Aimée lui infligeait une mort de plus.

On fit descendre Amand. Un mouvement parcourut l'assemblée ; le ciel tombait plus bas, les chapeaux s'enfonçaient sur les crânes, on portait son gant au cœur, et l'œil à la famille. La poitrine de Josèphe se soulevait sous son manteau, on distinguait le serrement de gorge, et les doigts repliés sur la canne de l'époux qu'elle gardait contre elle, pendant que ses deux enfants, Aimée et Claude, se tenaient l'un l'autre, sans la regarder, sans lui offrir leur bras ou leur épaule. C'était comme ça qu'elle les avait élevés, et maintenant il lui restait ce morceau de bois, la jambe de son mari.

– S'il y a un paradis, je crois qu'on dira à mon oncle « on ne vous attendait plus ! », souffla Claude dans l'oreille de sa cousine.

Un fou rire lui secoua les entrailles. Les larmes lui coulaient dans la bouche et ressortaient, chassées par un hoquet. Claude serra son bras plus fort, et plus il serrait, plus elle riait en pleurant ; quel idiot, ce cousin, quel idiot et quel homme.

Son rire s'évanouit quand elle entendit, dans son dos, une sorte de soupir, pareil à celui d'un animal blessé. Candre. Elle se demanda s'il lui en voulait, s'il voyait sa nuque frémir, s'il avait entendu les paroles de Claude. Il gardait les lèvres pincées mais il grondait dans son dos. Candre, au deuxième rang, régnait sur sa femme : Claude la protégeait, lui la domestiquait. Soudain, elle se sentit bête d'avoir ri de cette façon, elle s'imagina qu'on l'avait vue, que sa mère serait la risée du village, qu'on dirait d'elle des choses affreuses. Elle porta sa main à celle de Claude, accrocha ses doigts et défit son bras du sien.

– Qu'est-ce qu'il y a ?

– Je ne me sens pas bien, tout à coup.

– Je ne crois pas que ce soit le genre de moment où l'on se sente bien, Aimée.

Elle sourit. Jusqu'au bout, elle admirerait Claude. Tout, chez lui, lui rappelait ce qu'elle n'était pas.

Après, chacun lança dans le trou la terre et ses souvenirs. On prit la main de Josèphe et l'épaule d'Aimée. Les hommes, parfois, gardaient longtemps dans leurs paumes celle de Claude. On disait deux mots, répétés cent fois, Josèphe acquiesçait, le froid engourdissait les doigts, les pieds prenaient l'humidité et pendant que le cortège s'effilochait par le portail, la tombe restait ouverte comme une plaie, aux yeux de tous ; on voyait le cercueil briller au fond. Quand les derniers éplorés quittèrent le cimetière, Candre vint, à son tour, embrasser la veuve. Il ne dit rien. Puis il s'éloigna, ses chevaux attendaient, il attendit près d'eux, debout, les bras un peu en arrière, mort sur ses jambes.

– Laissez-moi seule, les enfants, gronda Josèphe.

Ils obéirent. Aimée prit l'allée principale pour retrouver son mari, mais le cousin la tira de côté.

– Nous n'avons pas beaucoup de temps. Suis-moi.

– Que fais-tu ? Candre m'attend. Il va s'inquiéter.

– J'en ai pour une minute.

Ils s'éloignèrent vers le fond du cimetière. Claude bifurqua à quelques mètres de la tombe d'Amand ; en suivant un sentier de veuves, ils arrivèrent devant une petite masure en pierre.

– Qu'est-ce qu'on fait là, Claude ?

Son cousin s'arrêta devant la porte, très basse, et l'ouvrit sans frapper. C'était une cabane d'une pièce, protégée du froid et de la pluie. Des outils étaient entreposés là, et au centre de l'unique pièce, sans fenêtre, un homme, assis sur un tabouret, comptait des sacs de terre. Le fossoyeur tourna à peine la tête : il les attendait.

– Aimée, voici M. Laenens. C'est lui qui va couvrir Amand.

Elle le salua d'un signe de tête et buta sur ses mains. Elles étaient énormes, écorchées. Elle imagina ce que ces mains feraient à une femme comme elle. Elle imagina Candre avec des doigts de cette taille, et des lignes aussi creuses.

– C'est aussi lui qui a enterré la première femme de Candre.

Elle sursauta. La nausée noua ses entrailles et monta, d'un coup d'un seul, dans sa gorge.

– Partons, Claude. Nous n'avons rien à faire ici.

Elle fit volte-face, cherchant l'air froid, mais la porte était fermée sur eux.

– Aimée ! Regarde-moi !

Elle l'ignora.

– Aimée, écoute-moi. Angelin n'a jamais été vu aux auberges. Il ne joue pas. Il ne boit pas. Les hommes ne savent même pas à quoi il ressemble : on se moque de lui en disant qu'il est resté le fils de sa mère.

– Comment ?

Elle tira sur la poignée. L'homme sur son tabouret continuait son décompte ; Claude, entre eux deux, fixait sa cousine.

– Angelin ne joue pas. J'ai fait toutes les salles, même les pires. Il ne joue pas.

Elle tira plus fort, à s'en raidir les bras. Candre l'attendait, il devait se demander ce qu'ils fichaient.

– Il faut qu'on s'en aille, Claude. Mon époux va s'inquiéter, il ne faut pas qu'il nous trouve ici.

– Tu es la fille du défunt, ton mari attendra, répondit sèchement Claude. J'ai passé les derniers jours à boire avec la moitié du pays, et j'ai rencontré M. Laenens. Il ne connaît pas Angelin, mais il a déjà vu Candre.

– Tout le monde a déjà vu M. Marchère, grogna le fossoyeur.

– Mais tout le monde n'a pas enterré sa première femme.

– C'est bien vrai.

Claude leva les yeux au ciel. Puis il se pencha sur sa cousine et murmura :

– Je l'ai payé, Aimée. Maintenant, demande-lui ce que tu veux. Ensuite, tu iras retrouver ton mari et ses mensonges.

Il la tira doucement en arrière, se glissa contre la porte, et sortit, laissant Aimée seule avec le fossoyeur.

M. Laenens était gros, de toutes les parties du corps : ses fesses étaient larges, son ventre faisait un comptoir à ses coudes et sa tête tenait sur ses épaules sans qu'on discerne le début d'une nuque.

– Vous avez des enfants ? murmura-t-elle, appuyée contre la porte.

– Si j'en ai je ne suis pas au courant, dit-il, le visage balafré par un sourire navré.

Elle imagina que celui-là s'était bien entendu avec Claude.

– Qu'est-ce qui vous inquiète, mademoiselle ? demanda-t-il, cette fois la tête tournée vers elle.

– Madame.

– Pardon, madame.

Cet homme. Ces sacs de terre. La tombe ouverte. Candre et ses mensonges. Tout l'inquiétait.

– Votre cousin m'a parlé du petit, Angelot, Angelin... Je ne sais plus. Jamais vu. Son père, par contre, c'était un sacré gars. Il est parti après avoir eu des histoires. Mais son fils est resté avec sa mère et le patron.

– Le patron, comme vous l'appelez, est mon mari.

– Je le sais bien, madame.

Il se racla la gorge. Aimée crut qu'il allait cracher par terre.

– Alors vous avez enterré Aleth.

– Je ne me souviens pas de son prénom, madame. Il y a beaucoup de morts ici, et je n'ai pas bonne mémoire.

Aimée sourit malgré elle. M. Laenens parut surpris.

– Je ne vais pas vous faire de mal, vous savez.

– Je sais.

Elle s'avança un peu plus. Il ne bougeait pas. Où Claude trouvait donc ce genre d'homme ? Là où les femmes n'allaient pas. Là où les femmes qui portaient le nom de Marchère n'allaient pas.

– C'était une drôle d'affaire, si vous voulez mon avis. Très peu de monde, pour une famille pareille.

– Vous voulez dire une famille comme la mienne.

Laenens eut un mouvement de tête, celui d'un enfant qu'on punit.

– Pardon, madame, je ne veux pas me moquer, ni vous manquer de respect, mais d'ordinaire, pour les gens de votre milieu, il y a foule.

– Et pas cette fois-là ?

– Je crois que monsieur votre époux avait demandé à ce que ce soit les proches uniquement. C'est qu'elle était jeune, sa première. Enfin ! C'est dur, à cet âge.

Aimée frissonna. Son père était si vieux, et pourtant, c'était dur, à cet âge aussi.

– Racontez-moi.
– Je vous l'ai dit, je n'ai pas bonne mémoire.
– Juste ce qui vous revient.
– Vous savez, madame, c'est une drôle de chose de me poser des questions là-dessus, ça me met dans un drôle d'état.
Aimée leva les yeux au ciel.
– Vous voulez plus d'argent, c'est cela ?
Laenens se leva d'un bond. Son tabouret faillit se renverser. Debout, l'homme tenait du géant.
– Ne me prenez pas pour ce que je ne suis pas, madame. Vous êtes de bonne famille, je suis de bonne âme.
– Pardon, monsieur Laenens, je vous prie de m'excuser. C'est aussi une drôle de chose, pour moi, de vous poser toutes ces questions. Je ne sais pas ce que je fais ici, je vais partir. Pardonnez-moi.
Ses mains tremblaient. Elle les appuyait contre son ventre, la chaleur montait à ses joues entre les murs de vieilles pierres. Elle attrapa la poignée et tira dessus ; un rayon de soleil passa sur le visage de Laenens.
– Madame. Il y a une chose : M. Candre avait un petit chien avec lui. Je m'en souviens parce que c'est rare, des hommes si grands avec de si petits chiens. C'était celui de la défunte.
Aimée s'arrêta dans la lumière pâle. Elle se souvint de la photo, dans le bureau de son mari. Aleth et son petit animal à ses pieds.
– Qu'est devenu ce chien ? souffla-t-elle.
– Ça, je n'en sais rien, madame !

– Merci. Je pars, maintenant. Monsieur m'attend.

Elle cherchait l'air. Dans son dos, Laenens se rassit.

– Ce que je peux vous dire, c'est qu'à l'enterrement de sa maîtresse, le chien n'aboyait pas.

Claude attendait, en fumant une cigarette contre le mur d'un caveau.

– Tu fumes dans un cimetière, c'est de mieux en mieux.

– Tu manigances dans un cimetière, c'est de pire en pire.

Amand aurait été amusé – et Josèphe piquée au vif.

– Candre m'attend, je suis restée trop longtemps. Il va se douter de quelque chose.

Son cousin la saisit par les épaules : ses yeux luisaient.

– Tu es la fille d'Amand. Tu es la fille du défunt. Tu as le droit de dormir ici ce soir si tu en as envie. Candre ne régente pas tout, il est temps que tu t'en rendes compte.

Elle faillit se laisser aller contre lui, épuisée par son inquiétude et sa peine. Le froid paralysait, dans ses gants, la pulpe de ses doigts. Son cousin paraissait si sûr de lui. Quelle insolence dans sa beauté.

– Partons, Claude.

Ils rejoignirent l'allée principale, côte à côte, la mine basse, chacun plongé dans ses pensées. Le cimetière était vide : les tombes, grises ou blanches, à ras de ciel, fermaient l'horizon, on regardait ailleurs mais on ne voyait que cela.

– Josèphe a congédié tout le monde, dit Claude. Elle est seule au clos. Elle ne voulait pas continuer les condoléances.

– Je la comprends.

– Tu restes ?

Demain matin, Émeline serait au domaine. Elle lui passerait la main dans le dos. Elle placerait sa bouche sur ses doigts, pour lui montrer le trajet du souffle, vertical, sur l'instrument.

– Je dois être à la maison ce soir. Je reviendrai vite.

Elle sentit qu'il s'éloignait, sans un geste, sans un pas de côté. Elle ne restait pas le soir de l'enterrement. Elle était ailleurs, où il n'était pas avec elle.

– Qu'a dit Laenens ?

– Pas grand-chose. Il a parlé du chien.

– Quel chien ?

Aimée prit une longue inspiration. Le portrait d'Aleth flottait devant ses yeux, s'installait à la place du paysage.

– Aleth avait un petit chien. Candre l'a amené à l'enterrement.

– Et ? Ça étonnait Laenens ? C'est une chose qui se fait, un chien de plaisir, chez les riches.

– Tu fais partie des riches, toi aussi.

– Pas les mêmes riches, renifla Claude en atteignant le portail.

La voiture de Candre, au-devant des tilleuls, ressemblait à un corbillard miniature. Les chevaux renâclaient dans la main du cocher. Aucune trace du maître. Les deux cousins forcèrent le pas : quoi qu'en dise Claude, M. Marchère maîtrisait presque tout.

– Laenens a dit que le chien n'aboyait pas.

– C'est tout ?

– C'est tout.

Candre descendit de voiture au moment où Aimée embrassait son cousin. Il détourna rapidement les yeux et s'enquit de la bonne tenue des bêtes. Il ne restait qu'eux, au bord de la route ; Josèphe était rentrée, Claude la rejoindrait bien vite, Aimée et son époux partiraient de l'autre côté des bois, et la tombe, ouverte sous le ciel gris, barbouillée de fleurs et de terre, serait refermée par Laenens, le géant des morts.

Aimée attendit Émeline dans la salle blanche dès neuf heures.

Debout devant la fenêtre fermée, elle contractait son ventre, durcissait son dos, creusait ses joues. Ses mains appuyaient sur les côtes, ses narines gonflaient, se vidaient, gonflaient à nouveau, le rouge lui montait au front puis disparaissait. L'instrument, dans le boîtier, sur la table, ne l'intéressait guère : seul le corps attirait son attention. Elle jouait à raidir ses jambes, à grandir sur la pointe des pieds, elle sentait ses mollets tirer, puis revenir au sol, et remonter encore ; elle ne cessait d'exercer chaque parcelle de ses muscles. Sa nuque palpitait. Le blanc des murs donnait à sa figure un air sage, débarrassé des larmes de la veille et des premières rides. Elle avait choisi une robe simple et sombre, à col haut ; ses cheveux tombaient dessus, ils semblaient plus foncés à cette heure-ci du jour.

Candre n'était pas venu. De retour du cimetière,

il l'avait accompagnée jusqu'à sa chambre où un plateau de pain, de soupe et d'eau fraîche l'attendait. Il lui avait glissé une main sur le front, comme Amand faisait quand un des enfants souffrait de fièvre, mais la paume de Candre ne s'était pas attardée. Un geste de bénédiction plus que de soin. Puis ses lèvres s'étaient posées sur les siennes, et il avait disparu, par la porte communicante, sans un mot, sans un regard en arrière. D'abord, Aimée s'était sentie soulagée : son époux comprenait qu'un deuil se passe d'étreintes et de baisers, que ses pensées et son corps voguaient ailleurs, sur les eaux endormies du passé. Il respectait cela. Mais à mesure que la nuit avançait sur le domaine, qu'elle se tendait comme un arc dans son grand lit, accompagnée du souffle clair des arbres, Aimée voulut qu'il vienne, simplement pour le sentir, qu'il la tienne sans la prendre, qu'il l'aime sans la pénétrer. Elle voulut qu'il comprenne ce que c'est que d'être aux autres comme on est à Dieu : dévoué et présent.

Il ne vint pas.

Elle dormit peu et mal. Au petit matin, ses draps glacés lui griffaient la poitrine, les jambes et le ventre. Elle se sentait comme une plaie à vif qu'on passe au gros sel. Dans l'œil rond du mur, le vent jouait avec la glycine.

Candre n'était pas au salon : à sa place, un mot, écrit de sa main, disait qu'il avait une urgence au village, qu'il serait bien vite rentré. Il signait :

Je vous aime et vous comprends

Aimée en eut le souffle coupé. Elle l'imagina, assis à son bureau, écrivant sagement, faisant bien attention aux lettres rondes. Il l'aimait. Il ne le lui disait pas, il l'écrivait. Et il s'enfuyait, ailleurs, pour une affaire sans doute importante mais bien moins que ces quelques mots parfaitement déplacés, ici, ce matin-là, après cette nuit où elle l'aurait souhaité si fort contre son cœur. Candre était donc capable de cela : aimer, de loin ?

Dans la salle de musique elle repensait, le ventre braqué, à ces quelques mots. *Je vous aime et vous comprends*. Comment osait-il penser que l'amour et la compréhension lui étaient acquis, dans ce salon rigide, au creux de ce domaine où Aimée se sentait si petite, si fragile que le moindre mouvement, craquement, grincement de la maison ou du jardin la bousculait ? Il l'aimait, mais il ne la comprenait pas.

Elle contractait son ventre, encore et encore, elle sentait son sexe souffrir, de tant d'efforts sous sa robe, elle appuyait et des douleurs naissaient aux reins, au diaphragme, mais elle continuait. Des chemins s'ouvraient en elle, la colère dévalait de la bouche aux cuisses, remontait, s'enroulait, elle ne comprenait rien d'elle et Candre, lui, ne comprenait rien à rien. Le souffle court, elle soumettait son organisme sage et fragile à des pulsions nouvelles et répétées. Elle pensait aux exercices d'Émeline et elle les multipliait, tous en même temps. Un sifflement perçait ses oreilles des deux côtés. Aimée s'engouffra dans la douleur qu'elle s'infligeait, impeccable, postée dans un rayon de soleil, chaque muscle jouait sous la peau ; elle souffrait, du père enterré, de la mère silencieuse, du mari absent. Elle souffrait du désir d'être là, absolument là alors qu'il aurait fallu être ailleurs, elle souffrait d'être abandonnée dans cette pièce sans pouvoir s'abandonner à cette envie que son ventre nourrissait autant qu'il la réclamait. Elle aimait cela, ce sentiment d'être en morceaux, dans ce silence de deuil, où la matinée s'étirait, loin des hommes. *Je vous aime et vous comprends.* Ces mots auraient dû être ceux d'une fille pour son père. Il était trop tard.

– Aimée, que faites-vous ? Il ne faut pas rester dans la lumière, vous allez attraper mal à la tête.

En pivotant, un craquement au cou se fit entendre.

– Doucement, doucement. Vous êtes raide comme un crayon. Ça ne va pas.

Émeline l'enveloppa : ses bras, fins et musclés, frôlèrent son ventre, ses pouces appuyèrent doucement aux reins, et Aimée sentit son corps relâcher sa peine et sa douleur. Entre les mains de cette jeune femme elle n'était que cela, aussi fragile qu'une branche, capable de se tordre, de fleurir et de casser. Émeline appuya, tirant Aimée en arrière, hors de la vue extérieure ; bientôt le soleil envahirait toute la pièce. Son souffle dans la nuque d'Aimée était frais, ses lèvres roses. Enfin, les épaules de son élève retombèrent : la nuque s'assouplit, les paupières se relevèrent.

– Voilà, c'est mieux. Vous pouvez vous asseoir, vous avez l'air épuisée.

Aimée refusa. Elle était ravagée par l'absence, de son père, de son époux, d'Émeline. Toute la semaine sans la voir, sans l'entendre.

– Aimée, je sais que la journée d'hier fut difficile. Si vous le souhaitez, nous pouvons annuler le cours.

– Hors de question.

Elle avait presque crié. Émeline posa sa main sur son cœur.

– C'était une belle cérémonie. Mais vous devez accepter que c'est une chose difficile pour vous.

Aimée écarquilla les yeux.

– Vous étiez là ?

– Oui.

– Pourquoi ?

Émeline s'était posé mille fois la question depuis qu'on lui avait annoncé la mort d'Amand, et la possible annulation du cours. Sans réfléchir, elle avait quitté Genève et pris une chambre aux Saints-Frères ; sur le moment il lui avait paru évident d'être là, dans la foule noire. Après tout Aimée était son élève, elle faisait des heures de trajet pour lui apprendre à jouer d'un instrument difficile, alors, pourquoi pas ? Elle s'était rendue au cimetière avec les villageois, coulée derrière eux, anonyme, elle avait regardé la tombe s'ouvrir, le cercueil y descendre, et ces deux drôles d'oiseaux devant. Elle avait souri en voyant Aimée s'accrocher au bras de son cousin, qu'elle trouvait fort beau. Puis elle avait quitté les lieux, parmi les inconnus, et le soir, en dînant à l'auberge, dans la chaleur des pièces étroites et pleines d'odeurs de viande, la question l'avait percutée : pourquoi ? Aimée n'était ni de ses proches, ni de ses meilleures élèves.

– Cela m'a semblé naturel.

Qu'aurait-elle souhaité, si son propre père avait été descendu dans cette fosse ? Qu'on l'accompagne. Sans le savoir, sans un mot, sans un geste. C'était cela, sa grande beauté : être là.

– Pourquoi n'êtes-vous pas venue saluer, Émeline ? Vous auriez pu rentrer ici, avec nous. C'est idiot.

Passer la nuit dans la même maison. Au même étage.

– Je suis venue pour être là, parmi les autres. Je ne saurais le dire autrement.

La fenêtre éclata en morceaux au pied des deux femmes. Une pierre, lancée à travers la vitre, atterrit brusquement sur le sol. Elles reculèrent, les bras en arrière. Le choc les laissa muettes de stupeur. Aimée s'était naturellement glissée derrière Émeline, qui restait droite, les yeux rivés sur la fenêtre éventrée. Des bris, attachés à l'huisserie, maculaient le sol : dans leur stupéfaction, aucune n'avait poussé le moindre cri. Aimée gardait ses mains sur son cœur, comme pour le protéger d'un deuxième lancer. Émeline, moins effrayée, maintenait le buste alerte, ses bras formaient un rempart entre son élève et le pauvre caillou, au milieu de la pièce si blanche et si désordonnée que le vent, par le trou de la fenêtre, emplissait, glacé et chargé d'odeurs de pluie.

– Vous allez bien, Aimée ? Vous n'êtes pas blessée ?

Émeline avait posé la question sans se retourner.

Elle gardait les yeux rivés sur la fenêtre. Dehors, rien ne bougeait.

– Je vais bien, murmura-t-elle. Laissez-moi passer.

Surprise, la professeure fit un pas de côté.

– Je sais qui a fait ça.

Aimée avança jusqu'à l'ouverture. Émeline la vit s'enfoncer dans la lumière, voulut l'empêcher de continuer mais sa silhouette, d'ordinaire si fragile, paraissait soudain plus solide ; elle s'était redressée au milieu du verre brisé, sa robe entraînait des morceaux qui rayaient le sol, ses chaussures craquaient, on n'entendait que cela dans la salle de musique et personne ne venait, aucun pas pressé dans le couloir, aucun cri à l'étage, rien. Le domaine respirait à peine, seule la maîtresse de maison bougeait entre ses murs, et lorsqu'elle arriva tout près de la vitre fracassée, tirant la poignée de la fenêtre, Aimée en franchit le rebord, levant la jambe et quittant la salle, tel un fantôme. Émeline voulut dire quelque chose, crier, mais aucune parole ne sortait : elle suivait cette femme des yeux, croyant la voir pour la première fois, et dans ce reste de fenêtre qu'elle franchissait, elle paraissait folle et puissante.

– Aimée, où allez-vous ? Revenez !

Ces mots ricochèrent contre les murs blancs. La longue robe de laine tachait le fond de verdure comme un ventre d'araignée qu'on écartèle. Elle prit le sentier des arbres plutôt que celui des ouvriers, et bientôt Émeline n'entendit plus que le vent qui roulait la pierre sur le plancher.

Elle avait vu une ombre. Dehors, un fantôme long et recourbé, entre les arbres, elle l'avait vu s'enfuir et soudain sa colère était montée, pulvérisant la peur, poussant le corps de sa professeure pour être devant, prendre la place, sa place, celle de Mme Marchère. Qui osait briser les fenêtres de sa demeure ? Qui voulait la blesser ? Qui se permettait une telle audace ? Elle traquerait l'ombre, jusqu'à retrouver son ou sa propriétaire, jusqu'à imposer, enfin, son nom.

Elle continua sur le chemin, sa robe prise dans les ronces, ses cheveux en désordre. La forêt se refermait sur elle : les oiseaux piaillaient dans les feuilles, chaque bruit réveillait en son oreille le fracas de la vitre, il fallait qu'elle traque, qu'elle trouve et qu'elle punisse. Comme les bêtes qui l'entouraient, comme les hommes violents et les veuves, il fallait qu'elle intègre dans son corps cette dureté. C'était trop.

Trop d'humiliations, ce mari qui partait le matin, croyant la comprendre, cette professeure qui ne saluait pas la famille à l'enterrement, ce fossoyeur qui se moquait d'elle. Et cette pierre jetée à la figure : on se fichait d'elle, de toute part, on moquait la fille Deville, on se jouait de la femme Marchère.

Dans sa colère, Aimée crut entendre, dans les fourrés, un bruissement. Elle continua, vive et furieuse, jusqu'au sentier étroit qui bifurquait avant les écuries ; elle l'emprunta, sachant où elle allait sans savoir pourquoi elle était portée là. Depuis son arrivée, Aimée n'avait jamais approché les chevaux : l'espace appartenait au palefrenier et à Angelin. Une femme n'y était pas la bienvenue, encore moins celle du maître.

Les massifs tendaient vers elle des mains de tiges et d'épines. Sa robe partait en fins lambeaux aux manches et jambes, elle n'y prêtait aucune attention, les yeux rivés sur le mur qui protégeait le manège. Elle longea l'enclos, les pieds mouillés de vase et de terre, puis au coin de l'écurie elle passa une petite arche donnant directement sur la cour juste à côté d'une rangée de box.

Deux chevaux, attachés au crochet de l'entrée, offraient leurs arrière-trains énormes et musclés, leurs queues se balançaient comme des fouets, ils frissonnèrent lorsque Aimée se glissa dans l'allée des abris, protégée par un toit de chaume. Elle se trouva au milieu des enclos ; le moindre de ses mouvements résonnait, si bien qu'elle avança prudemment, sur la pointe des pieds, aux aguets. Sa robe emportait derrière elle du foin séché, l'odeur de crottin et de crin lui bouchait les narines, et l'absence de clarté l'oppressait, jusqu'à donner l'impression d'être, dans cette écurie, une jument égarée qu'on poussait vers le piège.

Les chevaux tournaient la tête, leurs yeux ronds clignaient lourdement. Leurs oreilles s'agitaient sur son passage. Des mouches vibraient entre leurs jambes. Les chevaux de son mari paraissaient plus larges et hauts que ceux de son père, il s'occupait de bêtes monstrueuses, qui la dévisageaient en grondant ; l'air était empli de leur fureur. Aimée ne les craignait pas : elle aussi fulminait, derrière ses murs de terre et d'arbres.

Elle avisa, au bout de l'allée, à droite, un box plus petit. La paille se déversait sur la terre battue : elle crut qu'il s'agissait de fourrage supplémentaire, entassé là pour éviter les trajets d'un bâtiment à l'autre, mais lorsqu'elle fut face à l'abri, les jambes dans le foin jusqu'à mi-mollet, elle reconnut, accroché aux planches roussies, un objet qu'elle avait déjà vu au domaine sans se rappeler exactement où. Elle avança un peu plus, seuls le bruit des mouches et de légers hennissements troublaient ses pas, et quand elle fut complètement dans l'enclos, elle scruta la pénombre. Un gros clou rouillé, long comme un doigt de sorcière, planté à hauteur de front, retenait un objet en cuir. Aimée l'avait repéré grâce à une petite boucle de métal à laquelle un rayon de soleil s'accrochait. D'abord, elle crut qu'il s'agissait d'un licol cassé, d'une pièce de selle, mais en approchant, plissant les paupières, elle étouffa un cri de stupeur.

Un collier de chien.

Elle le reconnut immédiatement : la boucle, sur la photo, brillait de la même façon.

Aleth, si belle, si jeune face à l'objectif, son animal à ses pieds. Le petit chien de chasse, apprivoisé pour le bon plaisir de la maîtresse de maison, qu'on avait dû amadouer pour qu'il reste immobile le temps d'une image. Sur le cliché, la boucle du collier faisait une tache plus claire.

Elle resta un long moment, les yeux rivés sur l'objet qui pendait au mur, recouvert de poussière. Soudain, le domaine répandait sur elle des années de secrets. Aimée n'y comprenait rien, à ce lieu, à ces chevaux énormes, à ce collier figé, surgi d'une image. Voilà ce qu'il restait d'Aleth : le collier d'un chien.

Pourquoi ici ?

Pourquoi au fond d'une écurie gardée par des monstres aux sabots d'or ? Aimée recula d'un pas et faillit trébucher sur une motte de paille épaisse ; elle prit une longue inspiration, décida d'emporter le trésor avec elle mais, avant qu'elle ait pu tendre la main, des hurlements l'extirpèrent de son enclos : des voix d'hommes, puissantes, emplissaient la cour.

Elle courut jusqu'à l'entrée et se cacha derrière la porte en bois. Un cheval avança vers elle des naseaux brûlants, les poils frôlèrent sa joue mais elle tint sa place, immobile, dos au mur. Il était si proche de son visage, elle sentait l'extrême douceur, ronde et duveteuse, de son mufle. Dehors les hommes criaient rudement : « Tu vas arrêter, maintenant, tu vas arrêter, idiot, idiot ! » Puis les gémissements d'un autre, et le souffle du cheval contre elle, brun de poil et noir de l'œil : « Tu n'as pas le droit, idiot, idiot ! Tu n'as pas le droit ! » Et l'autre voix, plus basse, couinante, et les coups, oui, les coups, mêlés aux hurlements.

Soudain le cheval recula. Aimée quitta, prudente, sa cachette ; d'où elle se trouvait, elle ne voyait rien. Seules les voix perçaient les planches épaisses. Elle longea le rabat de l'écurie, toujours dans l'ombre, puis jeta un regard sur la cour : trois hommes, sales, robustes, des ouvriers de Candre, encerclaient un quatrième larron. Aimée ne voyait que ses jambes gigoter sous les bustes de ses assaillants, mais même comme cela, elle le reconnaissait, si frêle et maigre, doué d'une voix qui n'en était pas une mais ce qu'il restait d'une voix d'antan : Angelin. Ce qu'elle prenait pour des gémissements était, en vérité, des paroles que sa langue manquante retournait dans ses entrailles. Ses jérémiades ressemblaient à celles des chattes en chaleur ou des chiots prisonniers dans des cages, chaque son blessait Aimée, il implorait, soumis, pendant que les trois autres cognaient, répétant « idiot, idiot ». Aimée voulut porter secours au fils d'Henria, ils allaient le tuer, le tailler en pièces, mais au moment où elle mit un pied dans la lumière, elle sentit son bras tiré vers l'arrière.

Émeline l'emportait de l'autre côté des écuries, derrière l'arche. Les bras maigres de sa professeure semblaient doués d'une force surhumaine ; elle l'entraîna à quelques mètres des box, et pourtant Aimée se sentit emportée loin, très loin, le buste ployé sous l'ordre et la stupeur, la tête pleine de la scène des hommes et de leurs voix. Elle suivait Émeline, et, quittant la cour, revenues ensemble aux arbres protecteurs, elle obéit, courut entre branches et ronces. Devant, Émeline s'engouffra sans peine dans les fourrés, reprenant le chemin des ouvriers, silencieuse et agile, tenant le bras d'Aimée d'une poigne ahurissante.

– Que faites-vous ici ? cria l'élève.

– Nous parlerons plus tard ; avancez donc !

Les voix des hommes la poursuivaient. Son esprit se jouait d'elle. Entraînée par Émeline au milieu des bois, le reste de son âme vagabondant encore dans la cour des écuries, sa mémoire s'embrumait, elle avançait sous les branches mais ses deux pieds s'enfonçaient encore dans la paille.

– Je passe en premier. Suivez-moi.

Émeline s'était brusquement arrêtée à l'orée des bois ; devant elle, la façade du domaine, où la fenêtre brisée jurait. La jeune femme courut jusqu'au rebord, enjamba lestement l'ouverture puis épousseta sa robe avant de se retourner et de faire signe à Aimée. Celle-ci clignait des yeux ; cachée sous les arbres, elle triait ses idées. Il lui fallut quelques minutes avant de comprendre où elle se trouvait, et pourquoi. Puis elle s'engagea à son tour, manqua de tomber, et de nouveau la main d'Émeline la tira à l'intérieur.

La salle de musique était aussi blanche et calme qu'avant l'éclat : les bris de verre au sol dessinaient une fleur géante. Émeline la contourna et, lorsqu'elle eut atteint le tableau, éclata de colère :

– Vous ne pouvez pas quitter cette salle comme cela, Aimée ! Vous êtes sous ma responsabilité tout le temps de mon cours, et vous fuyez dans les bois !

Aimée baissa la tête. Ses joues prenaient le sang.

– Je suis désolée, je voulais l'attraper, cet idiot...

– Vous êtes ici pour apprendre la musique, pas pour jouer au chat et à la souris ! Mais qu'est-ce qui vous a pris ?

Elle renifla. Son cœur battait comme au jour de son mariage.

– Vous avez vraiment eu peur pour moi ? murmura-t-elle, relevant doucement les yeux sur Émeline.

Devant elle, sa professeure sembla soudain fragile, sa course dans la forêt laissait au cou des marques plus foncées, son souffle fatiguait entre ses lèvres : elle était belle et elle n'en savait rien. Aimée avança prudemment, elle se sentait bizarre, les couleurs quittaient maintenant son visage, descendaient ailleurs.

– Qu'avez-vous vu ? demanda-t-elle, se figeant devant la table d'école.

– Des hommes qui se battent... C'est ce qu'ils font de mieux, grinça Émeline. Vous étiez complètement à vue, ils vous auraient fait du mal.

Elle avait tort : on ne touchait pas à la femme de Candre Marchère.

– Les trois hommes en battaient un autre, celui que je poursuivais. C'est lui qui a brisé cette fenêtre, et c'est lui qui était là, la dernière fois, à nous épier, gronda Aimée en plongeant ses yeux dans ceux d'Émeline.

– Le garçon à la langue coupée ? Vraiment ?

Elle n'y croyait pas, Aimée le voyait bien : aucune expression n'abîmait son beau visage, où les traits paraissaient n'avoir jamais été soumis aux événements de la matinée. Elle regardait son élève pour ce qu'elle était : une élève. Si jeune, et si naïve.

– Vous pensez que je suis folle, c'est cela ?

– Je pense que d'avoir couru vous aura fatiguée et qu'il vaudr...

– Arrêtez ! Arrêtez !

Elle avait crié : bientôt, Henria viendrait pousser la porte, demanderait d'où venait ce raffut. Elle verrait les morceaux de verre, la vitre brisée, les cheveux d'Aimée, le rose aux joues et la stupeur d'Émeline. Il ne leur restait plus beaucoup de temps.

– Vous ne comprenez pas ! Vous ne comprenez pas ce qu'il se passe ici !

Elle criait toujours : ses paroles fuyaient, elle était piégée, dans cette salle, dans cette maison, on la regardait comme une pauvre folle. Émeline la laissa se vider de ses mots, qu'elle répétait, prise de tremblements.

– Calmez-vous, Aimée. Je vous prie de m'excuser, je n'aurais pas dû vous parler ainsi.

L'élève continuait de gémir, sa voix était rentrée dans sa gorge. À présent, elle ressemblait à une enfant qui a pris un coup de pied dans le ventre.

– Que se passe-t-il ici, Aimée ? Pourquoi êtes-vous dans cet état ? Une jeune fille de votre rang, dans un endroit pareil...

L'élève hoqueta.

– Cessez de pleurer, et parlez-moi.

Le ton d'Émeline oscillait de l'agacement à la douceur. Son élève chuchotait des mots qu'elle ne comprenait pas.

– C'est bien, Aimée. Maintenant, parlez un peu plus fort.

Alors la femme de Candre Marchère leva des yeux secs, désertés par les larmes, et sa professeure reconnut dans ce regard toute la terreur du monde.

– Il se passe des choses, ici, répéta-t-elle.

– Quelles choses ?

Aimée hésita.

– Je ne sais pas exactement, et c'est ce qui me fait si peur. J'ai besoin que vous m'aidiez.

– Tout ce que vous voudrez, lança Émeline.

Une main passa sur la nuque, l'autre appuya dans le dos. Soudain, Aimée se sentit prise, comme au lit avec Candre : le blanc des murs se teinta, le soleil s'enfuit, et devant ses yeux, la peau d'Émeline lui apparut, pâle et tirée.

– Respirez profondément, comme je vous l'ai appris, murmura-t-elle en massant de la paume le cou et les omoplates de son élève.

– Il faut que vous écriviez à Claude Deville, mon cousin, pour lui dire que j'ai retrouvé dans les écuries le collier du chien d'Aleth.

– Qui est Aleth ? demanda Émeline, l'air perdu.

Aimée soupira.

– La première femme de mon époux. Elle est morte au sanatorium de Villenz. Dites à Claude que c'est important, qu'il doit venir ici, au plus vite, qu'il trouve un prétexte, n'importe, il faut…

La porte s'ouvrit à la volée : Henria apparut, immense, ahurie devant les deux femmes sur le plancher, entourées de verre brisé.

– Qu'est-il arrivé ? Madame, vous allez bien ? Ne bougez pas ! On dirait que vous avez été attaquées !

Plus vive qu'Aimée l'imaginait, la bonne glissa son bras sous la poitrine de sa maîtresse ; sa grosse main réchauffait le ventre et les reins, ses grands yeux couraient d'un bout à l'autre de la pièce.

– Madame, suivez-nous au salon, je vais faire nettoyer le plancher et réparer cette fenêtre. Ne vous blessez pas.

Encore une fois, Aimée sentit son corps fondre dans les mains d'une autre femme : les bras d'Henria étaient si lourds et si durs, des troncs, noueux, contre son dos et son ventre. Ses jambes la portaient mais la bonne guidait ses pas à travers la maison ; derrière elles, Émeline suivait vivement. Elles longèrent le couloir et bifurquèrent dans le vestibule ; la lumière du jour noyait les carreaux, on avait la sensation de marcher sur les cieux, mais Henria n'y prêta aucune attention. Elle tira sa maîtresse au salon et l'assit à la table du petit déjeuner, débarrassée et propre. Puis, se tournant vers Émeline :

– Restez là, je vais vous chercher à boire. Vous êtes si blanche !

– Il faut que je parte, je suis déjà en retard. Le cocher doit m'attendre.

Aimée jeta un coup d'œil à la pendule : midi sonnerait bientôt. Henria bourdonnait autour des deux femmes – réchauffant les épaules d'Aimée, s'excusant mille fois auprès d'Émeline.

– Ce sont des choses qui n'arrivent jamais, ici. Nous allons y remédier, croyez-moi.

– Je n'en doute pas, assura la professeure. Mais je dois partir, maintenant. Que Monsieur ne s'inquiète ni de mon état, ni de mes pensées à son encontre. Il arrive de malheureux événements, et personne n'est responsable. Prenez soin de Madame.

Elle prononça ces derniers mots le regard planté dans celui d'Aimée, puis, sans une parole de plus, s'effaça. Du salon, les deux femmes la virent descendre l'allée dans son manteau, un bras contre la hanche, une main relevée sur la poitrine, elle fuyait avec une élégance de vieille dame. Quand elle eut disparu, Henria poussa un long soupir, et quitta, à son tour, le salon.

– Ce qui est arrivé est inacceptable. Cela ne se reproduira plus, vous avez ma parole.

Candre, vêtu d'un costume bleu, d'un bleu presque noir, attendait sa femme, debout contre la cheminée où Henria avait allumé un feu malgré la douceur de l'air.

Aimée avait dormi sans déjeuner auparavant. Elle s'était réveillée à six heures. Sa tête lui avait paru lourde, ses lèvres gardaient le goût de l'infusion d'Henria. Le crépuscule, à cette heure, lançait dans la chambre des couleurs sombres et rouges : les enfers gagnaient la maison. S'extirpant des limbes du sommeil, elle eut la sensation de revenir d'une lointaine contrée : quand elle dormait, elle ne souffrait pas. Ses rêves étaient simples. En descendant l'escalier sans qu'une seule marche ne grince, elle comprit qu'à présent, se déplaçant sans bruit dans un lieu si sensible aux vivants, elle faisait partie du domaine, au même titre que les meubles et les fantômes.

Candre, fondu dans l'ombre, marmonnait, la tête baissée.

– Henria m'a tout raconté. Je me suis tant inquiété !

Ces mots avaient surgi si fort dans sa voix d'ordinaire si basse qu'Aimée eut un mouvement de recul.

– J'ai dormi tout l'après-midi, reprit Aimée, d'une voix douce et claire. C'est un incident regrettable, mais personne n'est blessé.

– Ce genre de choses n'arrive pas, ici. Il faut que vous compreniez cela, sinon vous n'êtes pas vraiment ma femme.

Elle sentit son cœur se tordre dans sa poitrine. Jamais Candre n'avait eu, pour elle, de telles paroles. C'était bien lui, son époux, mais elle ne le reconnaissait qu'à moitié : sa voix, ses expressions, sa posture étaient celles d'une âme inconnue, dure. Elle aurait voulu fuir cette pièce, cet homme, ce domaine.

– Ne parlez pas comme cela, vous me faites grand mal.

Il sembla s'apaiser. Mais il ne bougeait pas.

– J'ai passé l'après-midi à réfléchir, Aimée. Il est vrai que vous n'y êtes pour rien. Je ne peux concevoir qu'on s'attaque à quiconque sur mes terres. Mais qu'on tente de blesser ma femme – que Dieu m'entende –, il faut être absolument fou et endiablé. Je n'imagine pas ma vie sans vous, Aimée. Et il faut que ces murs vous protègent, non pas qu'ils vous menacent.

Sa voix était plus calme, chargée d'emportements qu'il retenait.

– Je crois savoir ce qui est arrivé sans encore être certain des raisons pour lesquelles cet incident a eu lieu, reprit-il.

– Et qu'est-il arrivé ?

– Émeline Lhéritier ne viendra plus ici.

Aimée pensa avoir mal entendu.

– Comment ?

– Votre professeure de flûte ne viendra plus. Les cours de musique avec elle s'arrêteront la semaine prochaine.

Alors le monde se mit à tanguer légèrement : ce n'était pas la douleur comme elle se l'imaginait, destructrice. Non, dans le soir, son cœur fanait ; ses pétales, un à un, noircissaient, séchaient, sous ses pieds le sol se dérobait, comme si la maison cherchait, elle aussi, à se terrer, à échapper à ces paroles. Candre la regardait, toute chose dans cette pièce lui semblait vaine. La lumière trop basse, la méridienne trop large, le bois si foncé, rien n'était à sa place et sa place n'était pas ici. Sa place à elle était sous terre, avec Amand, avec les insectes grouillants, avec le bruit du monde au-dessus de sa tête. La douleur était une couverture gelée jetée sur elle, et qui, seconde après seconde, paralysait ses membres, empêchait sa pensée, obstruait sa voix.

Émeline ne viendrait plus. C'était impossible. Candre semblait certain de sa décision. Aimée savait qu'il allait tout justifier, et qu'elle comprendrait, au bout d'une longue conversation, qu'il avait raison. Elle n'avait pas les moyens de se battre contre le maître des lieux.

– Pourquoi avoir pris cette décision sans m'en parler ? gémit-elle.

Candre ne quittait pas la cheminée. Il s'accouda au manteau.

– Je sais que cela vous blesse, que vous aimez ces cours, que grâce à cette jeune femme vous vous sentez bien. Mais je crains que sa présence n'agite en ces lieux de mauvaises pensées : l'homme qui a jeté cette pierre voulait, sans doute, attirer son attention.

– Qu'en savez-vous ?

Elle aurait voulu disparaître sous la terre ou sauter au visage de son mari.

– J'ai passé l'après-midi avec mes hommes : par deux fois, ces dernières semaines, ils ont vu le même bougre près de la fenêtre. Par deux fois, quand votre professeure était au domaine. Cette femme doit l'obséder pour qu'il agisse de la sorte, et ce ne sont pas des choses acceptables.

– C'était peut-être un accident, Candre. Cela ne signifie pas que je dois cesser mes classes.

Sa main passa sur sa poitrine. Elle se sentait ivre, mal corsetée. Tout tanguait.

– Ne soyez pas naïve, Aimée. Vous savez de qui je parle, et vous savez que je ne peux me séparer de ce garçon ni de sa mère. Ce serait trop de larmes pour une femme qui m'a tant apporté. Il sera puni.

Aimée revit les ouvriers s'abattre sur Angelin.

Leurs corps grossiers, leurs mains calleuses, leurs paroles dures. Elle cligna des paupières : le garçon, couché dans la poussière, ses jambes gigotant comme les pattes d'un lapereau pris au piège, cogné, encore et encore, par ces brutes au service de son mari. *La punition a déjà commencé*, pensa-t-elle. Pourtant, Henria n'était au courant de rien : c'était seulement elle, et Émeline, dans cette cour, devant le spectacle terrifiant d'un garçon qu'on casse, qu'on écartèle pour qu'il se taise et cesse de japper. Candre non plus ne savait rien, à ce moment-là, de la vitre cassée ; les hommes, eux, avaient pris un peu d'avance. Ou peut-être l'avait-on vue, elle, au milieu des bois ou des écuries, dans sa robe déchirée, tenter de trouver la fin du labyrinthe. Soit Candre faisait surveiller Angelin, soit on l'épiait, elle. Elle se demanda, avec horreur, si quelqu'un savait qu'elle était dans les abris à chevaux, qu'elle avait trouvé et reconnu le collier du chien d'Aleth. Candre contrôlait tout. Il s'entourait d'hommes violents, de domestiques obéissants.

– Ce n'est pas votre faute, ni celle de cette jeune femme, dont j'estime le travail et les compétences. Mais ce garçon est un drôle qui a développé pour elle une attirance (*il grimaça*), ou plutôt un élan qu'il ne doit pas avoir. Comprenez-vous, Aimée ? Je ne crois pas qu'Angelin soit bête, mais quelque chose en lui est brisé, et s'il est un des fils de Dieu, comme nous tous, je dois surveiller à ce qu'il vive ici selon les lois du Ciel, et non celles de la terre.

– Mais enfin, pourquoi un garçon épris irait briser une fenêtre pour plaire à une femme ? gémit Aimée, implorante.

Candre sursauta, comme si elle l'avait giflé.

– Angelin n'est pas un homme amoureux, Aimée ! rugit-il en s'approchant.

Elle vit, nettement, le trouble dessiner aux arcades des veines battantes. Jamais Candre n'avait perdu, devant elle, ses moyens de la sorte. Il la regardait comme une mauvaise élève.

– C'est un joueur, et un bougre !

– Candre, vous m'effrayez...

Il s'arrêta au milieu de la pièce, regarda autour de lui, puis ses yeux revinrent à sa femme, que la peur paralysait. Pendant que son mari vociférait, elle avait en mémoire les hommes, sales et hurleurs, courbés sur le corps du garçon.

– Je dois prendre cette décision et je sais, Aimée, qu'elle vous blesse. Tout ce que je peux faire, pour que vous retrouviez confiance en moi, en ces lieux, je le ferai. Mais à l'heure qu'il est, je ne peux accepter de tels agissements sur mes terres. Maintenant, allons dîner.

La table était dressée, les carreaux lavés, le jardin tenu. Un court instant, Aimée resta pétrifiée sur sa chaise. Ses lèvres bougèrent, aucun son n'en sortit.

Ils passèrent la nuit ensemble. Candre vint tôt se glisser dans les draps. Quand sa femme entendit la poignée de la porte grincer, elle soupira. Elle voulait fuir dans ses rêves, dans ses souvenirs, elle ne désirait plus que cela : dormir, et ainsi, revoir Émeline. Mais son époux était venu, l'avait serrée sans la prendre. Il s'était contenté de la garder contre sa poitrine, le nez dans sa nuque. C'était simplement une longue étreinte de pardon, un enlacement nouveau, d'abord froid et maladroit, puis, au fil des heures, habituée à ses os saillants, à cette chair sèche, Aimée y avait trouvé du réconfort, elle s'était lovée dans ses bras, l'obligeant à arrondir le ventre et la nuque, à se dénouer et, dans ses cheveux, elle avait senti le sourire de Candre. La chaleur avait alors de nouveau empli la chambre, et le lit où ils s'endormirent tard, ramassés l'un contre l'autre, encore pleins de la conversation du soir mais désirant apaiser, entre eux, ce qu'il restait d'agitation.

Aimée fut réveillée par le départ de son mari : il quitta le lit comme la nuit quitte le ciel. Dans un froissement.

Dès qu'il eut passé le seuil, ses songes l'envoyèrent sur le chemin des ouvriers, aux écuries, au clou des planches où le collier, poussiéreux, se balançait. Elle voulait penser à Émeline mais son esprit la tirait ailleurs, l'obligeait à revivre, encore et encore, cette découverte, et plus elle se rappelait les traces de terre sur la boucle, la couleur passée du cuir, moins elle comprenait. Quelqu'un cachait derrière les chevaux un objet sans valeur. Le collier d'un petit chien de chasse adopté par Aleth. Offert par Angelin.

Angelin.

Le chien était le sien : il en avait fait cadeau à la maîtresse de maison. Il lui avait fait plaisir. Aimée pensa « donné du plaisir ».

Et alors ? Aleth était morte, son chien aussi sans doute, peut-être qu'on gardait le collier pour un prochain animal, peut-être l'avait-on accroché là puis oublié, depuis des mois ; il y avait bien du travail sur le domaine et le palefrenier se fichait des clous rouillés comme des objets perdus.

Elle songea ensuite à sa course à travers la forêt. Elle s'était enfuie de la salle de musique, si sûre d'elle ; elle avait suivi la piste, puis, maintenant elle s'en souvenait très distinctement, elle avait bifurqué par le sentier enfoncé dans les ronces, elle s'était engouffrée dans l'ombre, alors que le chemin des ouvriers menait plus loin, jusqu'après la clairière. Il était plus large et dégagé ; mais non, elle avait tourné. Parce qu'elle devait prendre cette direction, parce qu'on la lui avait indiquée. Peut-être à cause d'un frémissement, d'un pas furtif, d'un craquement de branche, peut-être à cause d'une silhouette. Elle avait quitté la salle de musique après avoir aperçu une ombre à l'orée des bois ; elle l'avait chassée, comme une bête, et cette ombre voulait être trouvée, suivie et reconnue par elle. Oui, c'était cela : elle n'avait pas fui la salle de musique, elle avait suivi son assaillant.

Était-il vraiment amoureux d'Émeline ? Candre avait raison : Angelin ne se manifestait qu'en présence de la professeure. Le reste du temps, il se cachait. Alors, qu'avait-elle fait pour qu'il vienne si près ? Aimée songea à sa propre émotion, à son ventre qui se réveillait, à ses vêtements qu'elle choisissait avec soin pour une femme qu'elle connaissait à peine, elle ressentit jusque dans son sexe la main d'Émeline qui appuyait sur son dos et son plexus.

Elle l'avait suivi dans les bois, il l'avait guidée aux écuries. Puis il s'était fait battre, jusqu'au sang, jusqu'au bord de la mort, et elle, Aimée, n'avait rien fait pour l'aider. En y pensant, elle comprit ce qui se cachait derrière la posture impeccable de son mari : il n'était pas homme de coups, de scandale ou d'éclat, mais il était maître des lieux, maître du corps des autres. Il désignait, choisissait, détruisait, en un seul geste. Il exerçait sur ses sujets une terreur antique : Candre Marchère ne frappait pas, il ordonnait qu'on frappe pour lui, qu'on tue pour lui. Il était au-dessus de tout : du sang, des os brisés, des paumes bleuies, il vivait proche de Dieu et si Dieu disait qu'untel s'était mal conduit, la punition tombait. Candre vivait selon des lois qui ne pouvaient être appliquées sur terre, il restait cet enfant, dans cette église, devant sa mère, qui s'en remettait aux couleurs des vitraux, aux bras forts d'Henria, aux murmures des gens bien nés qui l'entouraient. Angelin, pour lui, était un animal. Un animal dont il partageait la mère.

Elle ne se rendormit pas : Aimée passa deux longues heures dans ses pensées, engoncée dans ses couvertures. Quand la lumière eut atteint la porte de sa chambre, enfin elle quitta le lit. Chaque pas lui rappelait qu'elle ne verrait plus Émeline. Elle se demandait si elle était déjà au courant, si Candre avait envoyé l'un de ces sbires, à cheval à travers la forêt d'Or, pour porter la nouvelle. Elle sentit son cœur se contracter à l'idée qu'Émeline ne réponde pas, qu'elle la remplace par une autre élève, qu'elle l'oublie, définitivement. Elle se trouva sotte d'avoir déballé cette histoire, d'avoir parlé de son cousin, du collier, d'Aleth. La honte la submergea et quand elle passa le vestibule, elle ne remarqua pas, devant la terrasse, le cheval attaché à l'arbre millénaire et l'homme, habillé d'un uniforme simple et propre qui attendait, tenant la bête au licol.

Elle trouva Candre assis à sa place : elle n'eut pas le temps de s'asseoir qu'il désigna le cavalier du doigt.

– Cet homme est envoyé par votre cousin Claude, qui est parti hier pour Joigny.

Aimée tira son fauteuil à elle : il lui semblait qu'on l'abandonnait de tous bords.

– Pourquoi n'est-il pas venu lui-même ? murmura-t-elle en s'asseyant.

– Votre cousin a été appelé, de toute urgence, à l'école militaire. Il semble que les hommes d'armes soient tous mobilisés. Il a laissé pour vous un petit paquet qui contient, à ce que m'a confié ce monsieur, des objets de valeur de votre père. Une lettre l'accompagne.

Elle oscilla sur place, comme une fleur prise dans le vent, et vit sur le guéridon, devant la cheminée, un paquet de taille, presque une petite malle, enveloppé d'un tissu très épais. Dessus, une enveloppe.

– Je n'aime pas les manières de votre cousin, reprit subitement Candre.

Toute à sa peine, Aimée reçut les paroles de son époux comme une claque.

– Eh bien, ne vous en faites pas, maintenant qu'il est à Joigny, vous n'aurez plus affaire à lui. Et moi non plus, dit-elle, la gorge serrée.

– C'est étrange que vous ayez été tous deux élevés et aimés des mêmes parents. Claude est si impétueux. Et vous si douce.

Elle ne se sentait ni douce, ni sage. Plus il parlait,

plus son chagrin s'étoffait. Elle ne voulait pas pleurer devant lui, pas maintenant, elle ravalait ses larmes. On la quittait. D'abord Émeline, puis Claude. Ne restait que sa mère, Josèphe, et Henria, la puissante.

– Ce n'est pas un mauvais garçon.

– Mais est-ce une bonne âme ?

Il avait posé la question, penché vers elle. Elle voulait répondre qu'il était la meilleure âme qu'elle eût jamais connue, aussi drôle qu'un enfant, mais son mari attendait d'elle qu'elle soit sa femme, et pas une sœur de cœur pour cet homme qu'il avait détesté depuis le premier jour.

– Permettez-moi de quitter la table, je voudrais savoir ce qu'il y a dans ce paquet.

– Je préfère que ce soit moi qui vous laisse, en tête à tête avec votre père. Je serai dans mon bureau, si vous avez besoin de quoi que ce soit. Je suis là pour vous.

Il l'embrassa, sur le front et les lèvres, les mains sur ses épaules.

Elle attendit que la porte du bureau claque pour saisir le paquet. Henria n'était pas dans la cuisine ni à l'étage. La maison dormait encore. Dehors, aucune trace du jardinier. Le cheval avait laissé quelques empreintes dans les graviers, qu'on ratisserait bien vite avant la fin de matinée. L'enveloppe avait été ouverte : Aimée tressaillit.

Ma chère cousine,

Je suis appelé. Ce sera bientôt une autre guerre, et je voudrais en être. Il faut être d'une aventure ou d'une famille. Pense à moi comme je pense à toi, et nous nous reverrons. Voici les objets que ton père aurait voulu te confier ; j'espère que tes cours de musique t'apportent un peu de douceur. À bientôt, dans ce monde, ou dans l'autre comme dirait ton mari.

Claude

Les cours de musique : Aimée n'en avait pas parlé à son cousin. Émeline l'avait donc prévenu. Son cœur bondit dans sa poitrine.

Elle dénoua la corde brune nouée quatre fois autour du tissu. Elle reconnut une écharpe de laine de son père, très vieille, qu'il ne portait plus et gardait sur un fauteuil du salon. Dessous, un coffret de bois : le genre de boîte où l'on range de petites conserves, des bocaux, et qui peuplent les étagères de cuisine ou les sillons de cave. Un loquet grossier, en forme de figue, fermait le trésor. Avant de l'ouvrir, Aimée jeta autour d'elle des yeux prudents : personne.

Elle releva la partie haute du fermoir ; la boîte ne contenait qu'un petit mouchoir plié en quatre, et une paire de boutons de manchette, celui de l'uniforme d'Amand. Elle porta les bijoux à son nez, croyant retrouver, une dernière fois, l'odeur si particulière des vêtements de son père, mais ils avaient été nettoyés. Elle les fit glisser dans la poche de sa robe de chambre, les boutons pesaient, elle aima les sentir là. Puis elle saisit le mouchoir, lui aussi entouré d'un petit lacet attaché en boucle, Aimée se souvint qu'elle avait appris à son cousin à « faire ses nœuds » et elle sourit devant l'attention qu'il portait aux détails de leur enfance. Elle ne cassa pas la boucle et fit simplement sortir le mouchoir en le froissant. Il était de dentelle piquée, épais, d'un blanc plus blanc que le ciel d'automne. Il portait le parfum d'Amand, une eau boisée qui ouvrit le cœur et les pensées d'Aimée comme une fleur, et, dépliant la relique de leur vie commune, elle lut, au centre du tissu, cette phrase, brodée au fil rouge d'une main timide, une main qui avait appris à « faire ses nœuds », ses ourlets et ses bords de manche au clos Deville, la main de Claude :

La tombe est vide

Le ventre

En cette saison, les arbres se rapprochaient des hommes : leurs doigts attrapaient les vestes, grattaient les cheveux, froissaient les pantalons, les feuilles rousses dessinaient sous le ciel un deuxième toit pourpre, les ouvriers marchaient sous une mer de sang suspendue aux branches, l'air circulait à peine, prisonnier entre les troncs larges comme des cercueils. La terre suffoquait, écrasée par ces géants, et les hommes, moins agiles que les bêtes, plus violents que les cieux, se contorsionnaient, ils brûlaient de désir et de mélancolie dans des maisons fragiles qu'ils croyaient solides, ils s'enfonçaient dans des femmes à la peau malade, qui voyaient, elles, la forêt d'en haut, lui parlant dans la nuit, comme on parle à Dieu ou à une meilleure amie.

Aimée s'enferma dans sa tour : elle fut malade tout le jour qui suivit la visite du cavalier.

Après la découverte du mouchoir, elle crut

s'évanouir, mais elle parvint à rejoindre sa chambre, où Henria s'affairait à changer les draps ; elle se plaignit de maux de tête et d'une fatigue généralisée.

– Je vais vous préparer une décoction. Vous êtes bien pâle, madame.

La bonne la déshabilla, l'enveloppa dans une longue tunique de flanelle et serra, par-dessus, sa robe de chambre en laine bouillie, puis elle remonta l'édredon. Aimée mourait de chaud : Henria souhaitait, par la fièvre, qu'elle évacue son mal. Jusqu'au matin suivant, elle délira, prise de cauchemars, atteinte d'hallucinations, elle voyait Aleth sortir de la forêt, elle imaginait, au pied de son lit, une tombe fraîche où elle chuterait si elle tentait de quitter les draps. À la tombée du jour, les ombres lancées sur les murs la terrifiaient, elle se recroquevillait sur elle-même comme un renard dans son terrier, la tête dans un étau, le ventre rond et douloureux, la bouche sèche où ses cris, bloqués par sa langue qu'elle croyait gonflée, retournaient vers ses entrailles et la déchiraient.

Henria changeait, toutes les deux heures, sa potion sur la table de chevet, elle aérait la pièce, secouait l'édredon, épongeait le front de sa maîtresse, soufflait des mots très tendres. Aimée se sentait mieux dès qu'elle passait la porte, comme dans son enfance quand son père venait la border le soir en lui disant que les monstres n'existaient que sur les champs de bataille et dans les livres. Prise de panique au creux du domaine, Aimée était certaine, à présent, que les monstres étaient sortis des livres et des guerres, que l'un d'entre eux occupait la chambre voisine, qu'elle s'était mariée avec lui, qu'il l'avait prise, des nuits durant, et qu'à présent le mal qui la rongeait venait de sa diablerie déguisée en dévotion. Elle se croyait punie de n'avoir pas cru son cousin, d'être restée là, obéissante, et même d'avoir aimé, ô combien aimé, sentir cet homme en elle, longtemps, bouger et retourner sa chair, sa peau. Tout ce sang qu'elle charriait dans son ventre, tous ces frissons sous la paume de Candre, elle en était malade d'avoir succombé à cette horreur.

Le mouchoir de Claude était plié sous son oreiller : de temps en temps, elle le gardait en boule dans sa main, elle l'ouvrait, croyait n'y lire aucun indice, ne voyait qu'un carré blanc et humide de sueur, puis la broderie apparaissait nettement.

La tombe est vide.

Elle lui sautait au visage, l'aveuglait, la secouait comme un diable. Elle se rappelait Laenens sur son tabouret, l'homme qui avait creusé, descendu, recouvert le cercueil d'Aleth. L'homme qui avait vu le chien, placide, devant la terre ouverte.

Le chien n'a pas aboyé.

Dans son affolement, attisé par la chaleur de l'édredon, elle imagina Claude, la nuit, en compagnie de cet homme grossier. Laenens était là, dans une gabardine usée, une casquette épaisse enfoncée sur les oreilles. Elle se figura deux chevaux tenus au gant, à la croupe étroite, pour ne pas éveiller l'attention, deux bêtes rapides, l'une pour le fossoyeur, l'autre pour Claude, filant à travers bois, comme des voleurs. La forêt serait clémente et protectrice jusqu'au cimetière où la tombe d'Aleth Marchère, sur une petite butte, serait bientôt ouverte et creusée. Elle les visualisa, réveillant les abysses, bousculant Dieu. Ils entraient par la petite porte en bois, aux planches grattées par la pluie, dans l'ombre, sous la hauteur des mausolées, les croix enfuies vers le ciel.

Claude et Laenens retournaient la terre : les coups de pelle les rapprochaient du mystère, du secret de Candre et d'Aleth. Laenens hoquetait : le cercueil était enfin visible, sous la lune, Claude commentait l'état du bois, on dégondait le couvercle pour trouver, dessous, des pierres enveloppées dans des draps et rien d'autre que cela.

Elle essaya de comprendre comment le fossoyeur avait pu accepter une telle charge, même pour de l'argent, même pour Claude, aller sortir des profondeurs le cercueil d'une jeune femme. Tout, dans cette phrase si simple et si terrible, la renversait : le sang du ciel déferlait sous ses yeux, il ne fallait pas que ces choses-là arrivent, on ne pouvait pas, non, on ne pouvait pas déloger les morts de cette manière, on n'avait pas le droit d'abîmer, une deuxième fois, les chambres souterraines, pour des secrets de famille et des inquiétudes de jeune femme.

La tombe est vide.

Mais il n'y avait aucune morte à déloger. Aucune âme à dégourdir. Claude avait péché pour sa cousine, et le résultat lui donnait raison : il avait ouvert une boîte vide. Bientôt, il mourrait à la guerre, à cheval, comme il l'avait toujours souhaité.

La nuit, Aimée se réveillait, trempée de sueur, devant un long cercueil noir, elle avançait la tête pour regarder à l'intérieur puis une main la poussait et elle basculait. Alors elle se dressait dans son lit comme un revenant, croyant hurler, avec la bouche ronde des animaux qu'on tue. Dans l'ombre intense de cette chambre elle se tournait vers la porte communicante, pensant voir venir Candre, mais rien ne bougeait sinon son cœur dans sa poitrine, pourri et gonflé de mauvais rêves, d'images atroces et de paroles incompréhensibles. Par l'œil-de-bœuf, à côté de son lit, les arbres envoyaient leurs branches et leurs murmures, parfois elle voyait de longs membres osseux passer près d'elle, des monstres l'entouraient, la protégeaient de son époux, de sa venue dans la nuit ; elle craignait moins sa présence que celle des chimères aux murs et des sapins au loin.

Seule Henria pouvait, ponctuellement, calmer sa fièvre : mais elle ne restait jamais longtemps. Efficace et sensée elle aérait la chambre et les draps, ouvrait la robe de chambre, lui passait une autre chemise longue, elle répétait « calmez-vous, je suis là, je suis là, tout ira bien, vous avez attrapé le mal, je suis là », et sa maîtresse aurait voulu se suspendre à ces paroles, s'enrouler autour de cette voix qui paraissait rassurante dans sa fièvre, elle comprenait, en la regardant quitter la chambre, que son époux se soit réfugié dans ce gros corps pour soigner la disparition de sa mère. Henria n'était que forces. À plusieurs reprises, Aimée tenta, en vain, de la prévenir. Elle murmura des mots idiots – « c'est vide, c'est vide ! » –, et la bonne secoua ses oreillers en la regardant d'un air navré, puis Aimée recommençait – « j'ai peur Henria, que va-t-il arriver ? qu'est-ce qui se passe ici ? » –, et elle se penchait sur elle, ses lèvres effleurant son front brûlant, déposait dans son oreille « n'ayez pas peur, tout ira bien, Aimée, je vous le promets », puis elle disparaissait. Henria l'enfermait et dans ces moments-là, Aimée s'enfonçait loin sous l'édredon, par crainte de son époux, de sa longue silhouette, de sa pâleur et de ses yeux. Elle se sentait prise au piège de la douceur d'Henria et de la dureté de Candre, elle ne pouvait pas fuir l'un sans abandonner l'autre, elle ne pouvait rien dire à l'une sans déclencher la fureur du maître. Alors ses pensées se terraient en elle, se jetaient contre les parois de son crâne, et elle calmait la douleur en dormant, pendant des heures, le jour, la nuit, le vent l'accompagnait jusque dans ses cauchemars, d'où Henria seule savait la tirer.

Quand elle se réveilla, son oreiller empreint d'une auréole claire et d'une odeur de peau malade, elle ne sut se repérer dans le temps : elle avait passé trois jours dans le délire des fièvres et des songes. Mais cette fois-ci, elle s'éveilla, sans cri dans la gorge, sans étau à la tête, les meubles ne frémissaient plus, les arbres s'étaient retirés dans le jardin, et le soleil revenait, timidement. Son mal s'était étiolé dans la nuit : elle ne se souvenait pas de ses derniers rêves. Elle passa une main glacée sur son ventre, ses hanches, inspecta son sexe et sa poitrine, tout était à sa place. Un instant elle crut que Candre n'était plus là, qu'une affaire importante le retenait ailleurs, très loin, qu'elle pourrait peut-être quitter le domaine, tant qu'il n'apparaissait pas. Elle chercha dans sa mémoire où se trouvait Claude, comprit qu'il était déjà parti, qu'Émeline ne viendrait pas non plus, il ne restait qu'Henria, et Angelin, le pauvre Angelin, si beau.

La bonne accepterait-elle de l'aider à fuir ? Et si cela arrivait, si elle daignait ouvrir pour elle les portes du domaine, comment échapper, le reste de ses jours, à Candre Marchère ?

Aimée imagina aller voir les gendarmes, qu'on creuserait la tombe d'Aleth, qu'on trouverait le cercueil vide : alors tout rentrerait dans l'ordre. Elle se vit retourner habiter avec Josèphe, dormir dans sa chambre aux couleurs claires, attendre le retour de son cousin, oublier Candre, son mariage. Elle s'imagina retrouver sa professeure, en Suisse, et vécut la scène seconde par seconde : elle patienterait dans le hall du Conservatoire, jusqu'à ce qu'Émeline quitte sa classe. Alors elle la reconnaîtrait, et au bas de l'escalier, dans sa robe de sortie, bien droite, souriante, elle serait émue aux larmes de retrouver cette élève, celle-ci et pas une autre, qu'on pensait enfermée à jamais entre les murs de sapins du domaine Marchère. Aimée composa, les yeux fermés, ce tableau parfait, décida que ce jour-là il ferait un soleil à crever les arbres, qu'on se promènerait dans les rues de Genève, peut-être en se prenant le bras, le serrant si fort qu'on sentirait l'autre dans tout son corps, dehors, enfin, dehors.

Ce serait simple, si Henria acceptait d'être complice. Il fallait qu'elle sorte d'ici, qu'elle trouve refuge ailleurs qu'aux Saints-Frères, elle envisagea deux jours de marche dans la forêt pour échapper aux grandes routes où Candre lancerait ses ouvriers et ses chevaux ; il fallait qu'elle soit plus maligne que lui.

Sous l'édredon, elle déroulait son plan, réfléchissait à chaque mot. Elle changerait de chaussures et passerait sous sa robe de gros bas de laine pour affronter le froid qui tombait, le soir, sur le Jura. Elle demanderait aux gendarmes qu'on prévienne sa mère : elle resterait sous leur protection, et Candre serait bien vite déchu. Tout paraissait si clair, si facile, le courage lui montait à la tête, l'audace chassait la fièvre. Elle tiendrait tête au fils Marchère, elle abandonnerait ce mauvais nom, elle dévoilerait à toutes et à tous de quel bois était faite l'âme de l'homme pieux qu'ils vénéraient ici. On irait voir la famille d'Aleth, il y aurait une enquête, et tout, enfin, rentrerait dans l'ordre. Grâce à elle.

– Madame, levez-vous. Il faut vous laver et vous habiller.

Henria avait brusquement poussé la porte de la chambre ; un courant d'air glacial atteignit Aimée au cou. La bonne avança jusqu'au lit, tira l'édredon en arrière et s'immobilisa en découvrant le visage de sa maîtresse.

– Vous avez meilleure mine !

Aimée sourit. Sa propre mère ne lui avait jamais parlé de la sorte.

– Henria, je vais mieux, oui. Il faut que je vous dise une chose, mais c'est extrêmement déli...

– Redressez-vous ! Elle va arriver !

La bonne releva la maîtresse de maison, la main appuyée sur son dos, comme un médecin fait au malade du cœur à l'hôpital. Elle frictionna la peau, ses paumes étaient chaudes et dures. Aimée se redressa lentement sous le geste vif et sûr. Ses joues prirent quelques couleurs ; Henria descendit sur les reins, puis, moins vivement, au ventre, et enfin, termina entre les seins, où elle appuya si fort qu'Aimée crut qu'on lui déboîtait la poitrine. Les yeux clos, balayés par un soleil calme, Aimée se laissait toucher, Henria savait faire, ses gestes rudes ramenaient à la vie les âmes fragiles et les corps brisés. Quand elle eut terminé, elle se tint droite, les deux mains sur les hanches, fière de son ouvrage.

– Allez, maintenant, il faut vous lever.

Aimée soupira. Elle avait de la visite : sa mère, alertée par Candre de son état, devait s'inquiéter.

– Henria, je n'ai pas très envie de voir ma mère. Regardez-moi, je suis dans un tel état.

La bonne, les deux mains dans une bassine en faïence, essorait un gant. Du savon coupé à la tranche, posé sur une coupelle, embaumait la chambre.

– Madame, votre mère n'est pas ici.

– Qui, alors ?

Henria se mit à rire, comme d'une enfant idiote.

– Mais enfin, madame, votre professeure ! Elle vient prendre son instrument, qu'elle avait oublié la dernière fois. Une drôle de femme, si vous voulez mon avis, elle est arrivée avec son propre cocher, Monsieur lui avait proposé de faire expédier son affaire en Suisse, elle a refusé, disant que de tels instruments doivent voyager uniquement avec leur propriétaire !

Henria jeta un œil dans le miroir de la coiffeuse.

– Madame ! Vous vous sentez bien ? Après tout ce temps au lit, la tête doit être lourde.

– Je vais bien, Henria. Je vais bien.

Elle ouvrit les yeux, descendit très prudemment du lit, se glissant hors des draps comme une couleuvre, et avança, déséquilibrée, jusqu'à la bonne. Sa toilette fut longue : elle puait la fièvre. Ses cheveux sentaient le foin et la sueur, son haleine aurait repoussé les mouches. Henria ne fit aucune remarque. Elle bassina ce corps, que la soupe avait mal nourri pendant trois jours.

– Il faudra vous remplumer, vous en avez besoin.

Pendant qu'elle récurait, Aimée calmait, en respirant lourdement, les battements de son cœur. Émeline revenait pour elle : la jeune femme avait oublié son instrument volontairement, elle s'était sans doute entretenue d'une manière ou d'une autre avec Claude. La fièvre était tombée le jour de son arrivée ; tout était parfait, en place. Aimée se demanda ce qu'elle avait prévu, si son cousin allait surgir du fiacre pour l'emporter avec lui, si les gendarmes encerclaient déjà le domaine. Elle délirait, frottée par Henria comme une bête tirée des bois, elle prétendait que tout s'arrêterait ce jour, qu'elle partirait, qu'elle rejoindrait sa mère, ou Émeline. Déjà, elle ne se souciait plus de Candre ; il n'était pas apparu depuis trois jours, peut-être avait-il senti l'étau se resserrer. Était-il encore sur le domaine ?

Elle choisit une robe à double jupon, vert sapin.

Henria la complimenta, conseilla de ne point serrer trop fort dans le dos, à cause de son état fragile. Aimée approuva. Elle noua ses cheveux elle-même, avec quatre épingles et une longue barrette en os, gravée d'un renardeau cabré sur lui-même. La bonne avait apporté un plateau de fruits, des tartines : Aimée refusa tout. Elle remercia Henria pour ses soins, pour sa patience, elle présenta mille excuses, ce n'était pas bien de se laisser aller ainsi à des fièvres d'adolescente, puis elle quitta sa chambre, s'accrocha à la rampe jusqu'au rez-de-chaussée, et sans un regard pour le salon, disparut au fond de la demeure, impatiente d'atteindre la salle de musique, où elle serait protégée de tout, sauf d'elle-même.

Le boîtier reposait sur la table, devant le tableau noir. Ses ferrures luisaient. La salle de musique était froide : les murs ressemblaient à ceux des chambres d'asile où l'on enferme les fous. Aimée, engoncée dans sa robe, se glissa dans un pauvre rayon de soleil qui déchirait le parquet. À l'étage, Henria s'affairait. Ses allées et venues martelaient les tempes de sa maîtresse : elle se sentait faible, incapable d'un geste stable, son corps entier était une faille, qu'un bruit, qu'un murmure ouvrait grandement, l'engloutissant et la recrachant sans cesse.

Le gravier crissa. Aimée jeta un œil par la vitre neuve : rien. Aucun cheval n'apparut, mené par le palefrenier. Pourtant, des voix lui parvinrent de la terrasse. Aimée épousseta sa robe, se pinça les joues, se mordit les lèvres, respira lourdement, comme prise à la gorge, et lorsqu'on frappa deux coups, elle émit un léger « entrez donc » qui s'évanouit bien vite en découvrant la silhouette de Candre, plus blanche que ces murs qui ne la protégeaient plus, plus longue que les arbres.

– Henria m'a prévenue que vous étiez descendue. Et vous n'avez rien mangé ! s'inquiéta-t-il en avançant jusqu'à elle.

Aimée crut s'effondrer. Elle aurait voulu disparaître. Candre la prit dans ses bras : il sentait bon. Ses cheveux étaient tirés en arrière, sa gorge et son menton rasés. Il portait son costume bleu, une longue écharpe de laine couvrait son cou, ses épaules et sa poitrine. Aimée n'avait jamais vu un homme habillé de la sorte : on l'aurait cru déguisé en femme, tant son buste, dans cette étole lourde, ployait et disparaissait. Mais il se tenait avec élégance, sur lui cette écharpe rehaussait la figure et donnait un air royal. Dans son étreinte, Aimée se sentit partir, elle aurait voulu le repousser, lui griffer le visage, l'embrocher même, comme faisait Claude, petit, dans le jardin avec son épée de bois. Mais elle ne bougea pas.

– J'ai eu si peur, Aimée ! Henria m'a conseillé de vous laisser tranquille, que votre fièvre vous quitterait bien vite mais qu'il ne fallait pas vous approcher. Comme j'ai eu peur, Aimée ! Vous n'imaginez pas.

Il la serrait contre lui. Sa femme sentait son cœur battre à tout rompre contre le sien : Candre tremblait d'émotion.

Derrière lui, repliée dans l'ombre, Aimée aperçut soudain la silhouette sévère d'Émeline. Elle se dégagea de l'étreinte, longue et pénible, qui la fichait au mur comme un papillon sur une planche, et Candre, soudain revenu à la réalité, recula, lança une main ouverte en direction d'Émeline et l'invita à entrer.

– Votre instrument est là, personne n'y a touché. Je suis affreusement désolé, croyez-le, des événements qui me poussent à prendre de telles décisions, mais je ne peux risquer la santé de ma femme, mon rang et votre réputation, que je sais grande et respectable. À présent, je vous laisse. Je serai là-haut pour vous raccompagner.

Il tira la porte derrière lui. Il les surveillait. Jamais Candre n'avait, depuis le début des classes, attendu la fin d'un cours pour reconduire Émeline à la grille. Jamais il n'avait eu autant d'égards pour elle. Il les enserrait, avec ses mots, son corps frêle, avec ses forêts, ses hommes et son Dieu, elles étaient cloîtrées là et ne sortiraient jamais, de cette salle ni de ce domaine. Les certitudes d'Aimée s'effondrèrent : tout ce qu'elle avait imaginé, tous ses plans, ses idées, la fuite, Henria, les gendarmes et les retrouvailles à Genève, au Conservatoire, tout s'effaçait dans le geste de Candre tirant vers lui cette porte lourde et sonore, qui grinçait à l'image de sa mémoire.

– J'ai écrit à votre cousin, ainsi que vous me l'aviez demandé, murmura Émeline, s'approchant de la table.

Sa voix semblait plus basse. Aimée leva vers elle des yeux secs.

– Je l'ai su. Merci.

Soudain, elle sentit des larmes, épaisses comme du sable, venir de tout son corps. Des aiguillons perçaient, des pieds à la tête, chaque centimètre de peau sous la robe d'hiver. À l'intérieur, elle charriait des années de trahisons enfantines, de souvenirs d'adolescence rêvée, des milliers de gestes familiaux et fraternels, à travers son sang, sa sueur et sa salive, tout exultait dans ce dernier moment de fausse liberté, qui finirait dès que les chevaux emporteraient Émeline. Elle désirait pleurer, tendre la main, le corps tout entier, serrer contre elle et sentir en elle cette femme qu'elle voyait pour la dernière fois. Mais rien n'aurait lieu : dans cette porte que son époux avait fermée sur elles, Aimée reconnaissait le geste du geôlier.

– Que puis-je faire d'autre, Aimée ?

Émeline avait perdu sa voix. Dans ce dernier moment ensemble, sa robe noire ressemblait à l'habit d'une sœur qui n'a pas vu la lumière du jour depuis des mois. Elle avait dix ans de plus au corps et à l'âme.

– La tombe est vide, Émeline.

Sa professeure dévisagea Aimée comme on tente de comprendre les paroles des fous.

– Comment ?

– C'est ce qu'a écrit Claude. *La tombe est vide.*

Émeline inspira longuement. Elle cherchait dans les rayures du parquet, dans la blancheur des murs, dans les plis de la robe d'Aimée des refuges, des signes de cette vie qu'elles avaient si peu partagée, deux heures par semaine, et qui s'achevait dans ces paroles folles.

– Je n'aurais pas dû vous mêler à cela, je suis sincèrement désolée, souffla Aimée.

Elle refusait de croiser le regard d'Émeline : elle se sentait bête, et délirante. Cette jeune femme n'y était pour rien : on l'embauchait, on la congédiait, elle courait dans les bois, voyait des hommes fous, on lui demandait de faire partie d'une sombre histoire, et voilà qu'Aimée continuait, avec sa tombe vide et son cousin absent. Tout allait mal, elle ne se rendait plus compte de ce qu'elle disait, à qui elle le disait.

Elle était Mme Marchère, elle devait tenir son nom, son rang et sa langue. Elle approcha la main de la poignée, où la chaleur de Candre était encore, elle savait qu'une fois la porte ouverte elle ne verrait plus Émeline, qu'elle disparaîtrait dans ce couloir comme elle disparaîtrait de sa vie, sans bruit et sans fureur. Voilà ce qu'il resterait d'elle, de cette femme qui avait éveillé le ventre d'Aimée, son désir et sa bouche : une robe noire dans un couloir vide.

– Madame, je sais que je devrais faire quelque chose, ici ou ailleurs, pour vous.

La voix d'Émeline avait repris son ton habituel. Assuré. Presque hautain.

– Je l'ai su dès l'instant où je suis arrivée ici. Avant cela, même. Je fais ce trajet, depuis ma ville, mon pays pour venir jusqu'ici, et cela, je le fais pour vous.

Aimée écoutait, la main enroulée autour de la poignée.

– Maintenant que vous avez besoin d'aide, je sais que je dois faire quelque chose, mais sans savoir exactement quoi. Et ce qui me désespère, c'est que vous ne savez pas non plus.

La paume d'Aimée serrait la porcelaine blanche : elle s'y accrochait, comme au rebord d'une falaise. Les paroles d'Émeline entraient en elle, renversaient tout.

– Je pourrais vous dire de partir, avec moi, et nous trouverions une solution hors de cet endroit maudit. Il faut que vous m'aidiez, aussi : votre époux attend que je sorte seule. Il le savait, madame. Il savait que j'avais oublié mon instrument ici, de mon propre chef. Il savait que je revenais pour vous.

Lentement, Aimée se retourna.

– Même si nous trouvons un moyen, maintenant, de quitter cette pièce et ce domaine sans éveiller les soupçons, Candre me retrouvera. Il remuera ciel et terre, il me traquera, et vous avec. Et Dieu seul sait ce qui arrivera ensuite. Vous ne pouvez rien faire. C'est peine perdue. Le meilleur moyen de prendre soin de moi, et de vous, c'est de partir et de ne parler de tout cela à personne.

– Mais enfin, madame ! Il y a forcément un autre moyen...

– Mon père est mort, ma mère vit seule sur le peu de rentes qu'il a laissé. Mon cousin est parti faire la guerre. Il ne me reste personne, et vous savez bien ce qui arrive aux femmes qui fuient leurs époux, vous savez bien ce qu'il en est, ensuite, de leur réputation et de celle de leur famille.

La colère monta chez Émeline, ses joues prirent le sang. C'était injuste. Elle entendait, dans la voix si triste et si sûre de son élève, le destin de toutes celles à qui elle avait enseigné la musique. Aimée avait raison : quoi qu'elles tentent ensemble, elles en paieraient le prix fort.

– Je vais quitter cette pièce, et vous quitter aussi. Restez ici, madame. Ce serait trop douloureux autrement.

Les doigts refermés sur l'anse du boîtier, elle contourna la table, bien droite, belle comme une fin d'été, et frôla Aimée de sa main libre. Son élève, en ouvrant la porte, leva sur elle des yeux grands ouverts, clairs, limpides, un baiser passa, entre elles, sans qu'elles se touchent, mais elles le sentirent dans tout leur corps, et quand Émeline eut quitté la salle de musique, le cœur d'Aimée explosa, ses yeux virèrent au blanc comme avant la mort, et tout se tut au domaine Marchère, jusqu'au départ des chevaux qui emportait Émeline, loin du maître des lieux et de sa femme.

Il y eut un grand silence sur la forêt d'Or. Les arbres accompagnèrent l'attelage jusqu'à la frontière. Le vent passait entre eux sans les courber ; les oiseaux se tassaient dans les nids, les blaireaux dans la terre. La vie, autour du domaine, se tut un long moment : les ouvriers semblaient partis, les domestiques enfuis, la maison vidée. Le monde consolait Aimée, lui laissant le temps de remonter à la surface de la demeure ; en quittant la salle de musique, elle y enfermait un souvenir déchirant. Mais cet acte pesait sur son bras : fermer cette porte, longer ces murs, rejoindre le vestibule. Émeline n'était plus là ; il lui restait son mouchoir, son époux monstrueux, et les domestiques. Dès qu'elle aurait poussé la porte, elle accepterait d'être comme eux : une bonne bête de plus au domaine, dressée par la main experte de Candre. Comme il avait été intelligent, et sensible avec elle. Comme il l'avait attirée dans sa cage de sapins et de terre, de lierre et de grosses fleurs, avec des mots qui ne ressemblaient pas à ceux des hommes mais à ceux de Dieu. Elle était prise. En retournant au salon où son mari l'attendait, sans doute debout contre la cheminée, ou le nez piqué sur sa bible, peut-être devant son jardin qu'il aimait plus que les âmes humaines, dès qu'il poserait les yeux sur elle Aimée occuperait, sagement et éternellement, la place qu'il avait voulue pour elle. Elle porterait un jour son enfant, elle remplirait son ventre et fermerait son cœur au souvenir qu'elle abandonnait là. Peut-être que son cousin viendrait, dans un mois, dans dix ans, peut-être que sa mère lui demanderait, au clos Deville, de retrouver, une journée, l'étang et la vitrine du commandant, peut-être qu'elle aurait, dans l'année, un moment ailleurs qu'ici, ou elle apercevrait d'autres vies que la sienne, où Candre n'était pas, où il ne maîtrisait rien. Entre la salle de musique et le salon, il lui restait quelques minutes de solitude absolue, de silence et de prières, pour enfermer, une bonne fois pour toutes, Émeline dans son cœur.

En entrant au salon, elle fut surprise par l'agitation qui y régnait : Candre, à table, conversait vigoureusement avec ses maîtres d'œuvre. Henria se tenait dans un coin, les mains portées au visage, retenant ses larmes ou ses paroles, les deux sans doute. Un feu jaune envahissait la cheminée ; la chaleur prenait les tempes, des odeurs âcres, de sueur et d'inquiétudes montèrent aux narines d'Aimée, qui glissa derrière son mari sans qu'il ne remarque sa présence. Les trois hommes étaient penchés sur lui, et lui sur une carte de la région, déroulée en travers de la table comme en temps de guerre : chacun y allait de son avis sur une sorte de trajet, Aimée ne comprenait pas de quoi il s'agissait. Seule Henria, dans son coin, ne participait pas aux festivités ; elle serrait les poings sur son nez.

L'approchant, Aimée sentit le gros corps de la bonne, d'ordinaire si fort, trembler dans la lueur des flammes. Lorsque Henria comprit qu'elle la regardait, elle releva la tête, le sang envahissait ses yeux, une fleur rouge s'épanouissait sur ses pupilles. Avant qu'Aimée ait pu poser son bras sur le sien, apaiser son mal et la conduire près du feu, la bonne, dans un sanglot, murmura :

– Angelin a disparu.

On arrêta les chevaux peu avant la frontière ; ils burent longuement en bord de route, dans un virage élargi où deux masures mouraient, à l'entrée des bois. Le cocher d'Émeline cogna deux fois contre la vitre ; son gant de cuir réveilla la jeune femme, que le voyage avait engourdie. Dès qu'elle ouvrit les yeux, elle sentit monter en elle un sentiment indéfinissable, où la peine et le soulagement rivalisaient. Enfin, c'en était terminé du domaine Marchère : elle partait loin, retrouver son appartement, son père et ses classes, elle abandonnait son élève, Aimée – quel prénom bien choisi pensait-elle en étirant sa nuque, Aimée, dans sa mémoire les lettres se formaient, majuscules, brûlantes, oui, elle l'abandonnait à une vie que toutes ses autres élèves connaîtraient aussi, épouse, mère, femme d'un homme puissant, *est-ce cela qu'on appelle réussir*, se demandait-elle.

Un frôlement contre la vitre la tira de ses pensées.

Elle sursauta : dehors, tout paraissait calme. Elle entendait les chevaux, sabots à terre, derrière la berline. Le vent jouait sur les montants de bois ; Émeline se surprit à craindre un intrus, elle qui jamais n'avait peur, ni ne tombait dans les affres des légendes des bois. Un coup de vent avait effleuré la vitre : depuis le début de cette aventure au domaine Marchère, sa voiture était passée par bien des tempêtes. Elle se recroquevilla sur la banquette et rabattit son manteau sans parvenir à se réchauffer. Elle dodelina, cherchant de nouveau le visage d'Aimée dans ce qui lui restait de mémoire vive, et au moment où les traits de l'épouse traçaient leur chemin, un coup violent et sec heurta la vitre : Émeline poussa la porte, sauta de voiture. Du bord du ravin le cocher lui lança un œil inquiet avant de retourner aux bêtes, mais sur la route rien, pas une âme, pas un oiseau, seulement les arbres et la mousse brune sous les pieds.

La jeune femme contourna la berline ; elle entendit, distinctement, un frottement, comme une éponge qu'on gratte sur une surface dure. Elle s'abaissa, la robe l'empêchait, le manteau remontait sur son cou, et sous la voiture, entre les roues, elle se trouva nez à nez avec un visage connu : Angelin.

Il avait aux yeux un regard franc ; il ne la menaçait pas, mais un mauvais geste, un mot même, aurait pu transformer ces yeux-là. Son visage, brûlant de poussière, balafré par la route, ressemblait à celui d'une statue cassée : il était beau, mais abîmé.

Émeline retint son cri ; Angelin gardait le doigt sur ses lèvres. Souple, il grimpa dans la voiture, se glissant à l'intérieur sans bruit, puis il fit signe à Émeline de monter. Elle eut envie de hurler, de se réfugier derrière le cocher. Assis sur le cuir usé de la banquette, les mains sur les genoux, soufflant, Angelin ne la quittait pas des yeux.

Il s'était enfui du domaine en se cachant sous la berline : ses doigts, ses paumes, écorchés, recouverts de sang et de peaux mortes, ressemblaient à des viandes fraîchement coupées. Elle l'imagina, le corps tendu entre les essieux, accroché à la structure basse, les muscles raides, écartelé entre les roues, fuyant ce domaine, harnaché sous une voiture qui aurait pu, cent fois, le laisser mort sur le bord de la route. Assis là, dans le luxe passable de la voiture, on aurait dit un épouvantail vivant : ses lèvres étaient gercées, trouées, de longues traces noires barraient ses joues, ses cheveux s'étalaient sur son crâne court, le fuyard avait macéré dans un mélange de peur, de terre, d'ordure. Il puait terriblement. Elle ouvrit une fenêtre, l'odeur des sapins se mêla à celle du garçon, elle ne posa aucune question. Ses paupières, sèches et pourpres, rendaient son regard plus sombre, perçant. Les lèvres étaient striées à force d'être mordues. Mais le reste du corps, malgré tout, était vif. La jeunesse affleurait dès qu'on posait les yeux sur lui.

– Que me voulez-vous ? Si je crie, le cocher vous brisera les os, vous le savez ?

Angelin fronça les sourcils : puis, très lentement,

il désigna du doigt l'endroit où se trouvait encore l'homme, dehors, et de son autre main, passa le pouce sous sa gorge. Émeline déglutit. Il en était capable. Un garçon qui vient de voyager accroché sous une voiture est prêt à tout.

– Angelin, quoi que vous me vouliez, ne me faites pas de mal. Je vous en prie.

Elle eut soudain si peur que ces mots sortirent d'elle sans qu'elle puisse les retenir. Les sanglots lui vinrent aux bords des yeux et Angelin, voyant la jeune femme sur le point de s'effondrer, fit avec ses deux mains un geste de paix en la désignant et en posant sa paume sur son propre cœur. La voiture trembla : le cocher remontait sur son siège. Angelin poussa un long soupir. Émeline eut quelques secondes pour le dévisager. Ses traits lui parurent si fins, sa peau si lisse. Au coin des lèvres, un début de ride plissait la bouche. Cela ne le rendait pas moins beau.

– Angelin, je sais que vous ne pouvez pas parler, qu'on vous a coupé la langue. Mais je ne sais pas ce que vous attendez de moi, et votre maître ne mettra pas longtemps avant de lancer les gendarmes à nos trousses. Vous me fichez dans de sales draps, vous comprenez ?

Il rouvrit les yeux. À son tour, il la dévisagea longuement, mais son air ne respirait ni la peine, ni le chagrin. Il paraissait sûr de lui, le buste droit, la poitrine en avant, malgré ses vêtements troués et sa mine éraflée.

– Vous voulez fuir le domaine, c'est cela ? demanda-t-elle, raide contre la banquette.

Il mima avec l'index et le majeur un petit homme qui court. Émeline en sourit presque.

– Pourquoi ne pas être parti plus tôt ? À cheval ? La nuit ? Qu'est-ce qui vous en empêchait ?

Angelin releva la tête, passa ses deux mains dans sa tignasse pour la lisser, et, gardant les paumes plaquées sur l'arrière du crâne, Émeline reconnut Candre dans ce portrait. L'homme aux cheveux lisses.

– Candre Marchère.

Il acquiesça de nouveau. Puis il déplia les bras, les arrondit, mimant un ogre.

– Et Henria, souffla Émeline. Vous craignez votre maître et votre mère.

La voiture cahotait. Le cocher parlait aux chevaux. Ils étaient là, tous deux, se comprenant à peine. Mais elle n'avait plus peur de lui.

– Vous ne pouvez pas venir avec moi, Angelin. Votre maître doit déjà savoir que vous vous êtes enfui, il doit même me soupçonner d'être votre complice. Ils viendront chez moi. Candre connaît mon adresse, mon lieu de travail. Je ne peux pas faire cela pour vous : j'ignore ce qui vous est arrivé, sans doute quelque chose d'affreux pour que vous risquiez votre vie, attaché sous cette carriole, mais maintenant, nous sommes tous les deux embarqués dans cette histoire.

En disant cela, elle comprit qu'elle n'avait pas le choix.

Genève n'était plus si loin ; Angelin semblait gagné par la fatigue. Il n'avait, visiblement, aucune idée d'où aller.

– Que s'est-il passé pour que vous fassiez cette folie ? murmura encore Émeline.

Angelin se redressa et sortit de l'intérieur de sa chemise une lettre, pliée en quatre. Il la lui tendit :

Mon cher Angelin,

Je souhaitais, une fois de plus, vous remercier pour ce petit chien qui me manque beaucoup, au sanatorium de Villenz. Je suis malade, j'espère tout de même aller mieux. Si quelque chose m'arrivait, prenez soin de cette bonne bête, qu'elle soit heureuse comme je l'ai été le jour où vous me l'avez ramenée.

Aleth

– J'ai déjà entendu ce nom, Villenz... C'est Aimée, oui, c'est elle qui m'en a parlé.

Angelin ouvrit des yeux immenses : soudain, la fatigue l'avait quitté. Il souleva ses vêtements, et, se tordant sur lui-même, montra son dos, ses côtes : de longues cicatrices partaient en tous sens, profondes et fermées. Sa peau en était recouverte. Émeline fixa les traces brunes qui striaient le corps du garçon, puis il claqua des doigts pour qu'elle lève les yeux vers lui : de sa main libre il désignait la lettre.

– On vous a battu à cause de cette lettre ? C'est bien cela ?

Il hocha la tête. Jamais la jeune femme n'avait vu un corps abîmé de la sorte.

– Qui a fait ça ? Les ouvriers, comme l'autre fois où nous vous avons vu ?

De nouveau, il acquiesça.

– Mais pourquoi ? Aidez-moi, Angelin, je ne comprends pas.

Sa pensée était floue, son raisonnement embrouillé. Les blessures d'Angelin, le visage de Candre, la silhouette d'Henria. Les éléments, liés les uns aux autres, formaient une histoire maladroite, une chaîne fragile. Elle aurait eu besoin de temps, de calme, pour réfléchir et comprendre, sans la secousse des chevaux et la puanteur d'Angelin. Il lui semblait que les événements la bousculaient, qu'on l'empêchait d'être où elle devait être. Toute son âme concentrée sur les paroles d'Aimée et les mots d'Aleth, elle rassembla ses forces et son courage en un seul lieu : Villenz.

Cet endroit, mentionné deux fois, pour parler d'une morte. Ce nid, perché dans la montagne, qui protégeait les malades. Loin de Genève. Loin de Candre. Là où tout s'était terminé pour Aleth.

Alors elle fit arrêter la voiture, en cognant trois fois contre le toit. Angelin était sur le point de bondir, mais elle fut plus rapide et ouvrit la fenêtre.

– Nous n'irons pas à Genève. Prenez la direction du nord. Nous allons au sanatorium de Villenz.

La voix du cocher tonna dans l'habitacle :

– Mais, madame, je ne sais pas si nous arriverons là-bas avant la nuit, ce n'était pas prévu ainsi.

– Faites comme je vous dis, je doublerai vos gages.

– Très bien, madame.

Ébahi, Angelin s'était retiré au fond de la voiture : il fit tourner son index sur sa tempe. « Vous êtes folle. »

– Je veux en avoir le cœur net, souffla-t-elle.

Au-dessus du parc, où la pelouse, gorgée d'eau et de mousse, envahissait jusqu'au bleu du ciel, le bâtiment principal déployait ses deux ailes blanches et grises. Flanquées d'étroites terrasses à piliers décorées de marquises en métal, elles couraient, ornant le paysage d'une guirlande étincelante. De loin, on devinait à peine les chaises longues où dormaient des femmes malades.

L'établissement avait été construit vingt ans plus tôt ; il barrait la vallée. Émeline, passant la tête par la petite fenêtre de la berline, crut à un mirage en remontant la route ondulante jusqu'aux premières neiges. Le chemin entre Genève et la forêt d'Or était long, difficile, rendait malade et pâle, puis là, malgré les virages, à l'ombre des cimes et de la verdure étincelante, le voyage emportait dans un rêve : les chevaux flottaient au-dessus de la ville, trottaient près de villages endormis dans le gel. De temps à autre on lançait une main au passage du coche mais aucun bruit, sinon celui du vent frais et des sabots, ne troublait le décor. À l'entrée du sanatorium, tenue par deux gardes en uniforme d'une couleur si claire et laiteuse qu'on les confondait avec la cahute qu'ils occupaient, on annonça un rendez-vous, urgent, avec l'infirmière en chef. Émeline pénétra sans encombre dans le parc arboré ; des allées sinuaient entre des bancs de pierre et de bois, elle aperçut des soignantes qui poussaient des chaises roulantes jusqu'à un rayon de soleil. Dans la cabine, Angelin se terrait à son côté, tremblant de chaleur et d'angoisse. Les mains passées sous sa veste, il plantait ses ongles dans l'épaisseur de son pantalon.

– Nous arrivons. Vous resterez dans la voiture. Le cocher attendra que je revienne. Ne sortez pas tant que vous ne me voyez pas revenir.

La jeune femme soupira ; à mesure que les chevaux remontaient le chemin réservé aux visiteurs, ses yeux se perdirent dans le spectacle des couleurs vivaces ; tout était si propre, si calme. Dans son cœur la peine avait fait place à un grand vide, son corps semblait rempli de coton sec et noueux. Son âme flottait à côté de son corps. Dans cet écrin d'air frais, de rosées tardives et d'odeurs apaisantes, elle se livrait à sa part la plus douce, la plus tendre. Peu à peu les élèves, le Conservatoire, tout s'éloignait, les chevaux la tiraient gentiment hors de son monde sévère et pincé, on l'amenait au royaume des malades et des morts, et jamais elle n'aurait pensé se sentir à sa place en ce monde-là. Les sommets de son pays, d'ordinaire menaçants et irréels, semblaient soudain proches et chaleureux. Elle imagina une vie, ici, entre ces murs naturels, où chaque jour venait comme un miracle, où l'existence continuait calmement, dans la respiration retrouvée, et les poumons grands ouverts. Elle aurait pu s'endormir et ne pas se réveiller.

Les chevaux s'immobilisèrent devant un escalier bas, de quatre longues et larges marches comme des bandes de craie au milieu des pelouses impeccables. L'entrée du sanatorium, sous un passage haut, en arcade, garni de méridiennes, ressemblait à une bouche noir et bleu. Le cocher descendit de son siège, ouvrit la porte, jeta un œil surpris à Angelin qui soutint son regard. Émeline glissa deux billets dans son gant.

– Attendez mon retour, et faites attention à lui.

L'homme claqua la porte sur le garçon. Puis il caressa la croupe de ses bêtes, et s'immobilisa quelques secondes en regardant Émeline s'engouffrer dans le bâtiment.

Derrière le comptoir d'accueil, trois jeunes femmes, les cheveux tirés en arrière, surmontés d'une toque blanche en amande, accueillaient les visiteurs. En avançant vers elles, Émeline entendit le claquement de ses chaussures plates sur les dalles de l'entrée : à l'intérieur, en pleine matinée, les rares âmes qui circulaient dans le vestibule évoluaient en silence. Son visage était fermé, sa démarche rapide, ses traits raides. On eût dit qu'elle venait au chevet d'un mort.

Sous l'arc de cercle en marbre, une jeune femme leva les yeux, affichant un sourire étudié.

– Bonjour, madame, et bienvenue. Que puis-je faire pour vous ?

Émeline ouvrit la bouche : elle ne sut quoi dire. Pourquoi venait-elle ? Comment expliquer à cette hôtesse le but de sa visite, le garçon dans la voiture, le fantôme d'Aleth ?

– Madame, est-ce que tout va bien ? Voulez-vous vous asseoir ? L'air n'est pas le même ici, il arrive que la tête tourne en arrivant.

Émeline se concentra sur les dents de son interlocutrice : aussi blanches que la façade du sanatorium.

– Non, merci, ça ira, j'ai eu un moment d'égarement, souffla-t-elle, la main posée sur le comptoir de la réception.

– Ce sont des choses qui arrivent très régulièrement, ici, reprit la jeune femme en souriant de plus belle. N'hésitez pas à vous reposer.

Elle pointa les méridiennes, devant l'entrée, de la main.

Émeline hésita : si elle s'asseyait dans ces couvertures, au soleil, dans l'air frais, elle s'endormirait.

– Merci, mademoiselle. Je viens au sujet d'une patiente.

– Très bien ! Quel est son nom, je vous prie ?

– Marchère, Aleth Marchère.

L'hôtesse tira de sous le comptoir un gros lutrin de liège : elle feuilleta le registre, un long moment, jeta un œil à sa voisine, qui restait tête baissée, puis, d'un air navré, reprit :

– Pardonnez-moi, madame, mais nous n'avons reçu personne qui porte ce nom-là. Je vais revérifier pour être bien sûre.

– Ce n'est pas la peine, soupira Émeline. En vérité, Aleth Marchère est décédée, ici, il y a un peu moins de deux ans.

L'hôtesse parut touchée, mais dans son œil, habitué

aux morts, aux malades, aux mauvaises nouvelles, Émeline ne lut aucune peine.

– Je suis sincèrement désolée, madame.

– Je voudrais voir la personne en charge des malades au moment des faits, dit Émeline en se redressant.

La jeune femme prit un air professionnel. Sa voisine regardait la scène : Émeline sentait son œil peser sur elle. Tête relevée, elle paraissait plus âgée que son interlocutrice.

– Vous aviez rendez-vous ?

– Non, à vrai dire, c'est assez urgent. Ce ne sera pas long.

– Vous êtes de la famille de Mme Marchère ? coupa sa voisine, qui s'était levée subitement.

Sa collègue fit signe à Émeline de se décaler vers elle, sur sa gauche : son visage, comme ses mains, portait les cals de sa profession. Avant d'atterrir à l'accueil des visiteurs, cette femme s'était pliée aux exigences de la maladie.

Émeline obéit, puis elles avancèrent ensemble vers le fond du vestibule, parallèles et silencieuses. Derrière la professeure de musique, des voix chuchotaient. Émeline n'avait jamais mis un pied dans un hôpital ni un institut médical. Et pour la première fois, elle poursuivait un fantôme.

L'infirmière s'accouda au bout du comptoir d'accueil, comme une mère sur le point de gronder un enfant. Émeline restait droite, mais une veine battait à sa tempe.

– Je viens de la part de la famille Marchère.

L'autre renifla. Trop bruyamment pour le silence du vestibule.

– Si longtemps après, c'est une drôle de visite.

Émeline se pencha en avant : ses lèvres, pincées, retenaient des mots terribles. Elle aurait fâché cette femme comme elle reprenait ses élèves, en classe. Cette fois-ci, c'était elle, l'élève.

– Avez-vous connu Aleth Marchère ? murmura-t-elle, d'un ton où la menace montait doucement.

– Oui. Elle a été admise ici pour suspicion de tuberculose. Elle en est morte dix jours plus tard.

Émeline inspira profondément. Soudain, la figure de l'infirmière se métamorphosa : le visage d'Aimée, pétri d'angoisse, regardait sa professeure. Sa bouche répétait « la tombe est vide, la tombe est vide » : Émeline se crut folle. Elle eut chaud, si chaud, dans cette bâtisse où le vent n'entrait pas.

– Madame, est-ce que tout va bien ? souffla l'infirmière, soudain inquiète.

– Oui. Où est le corps d'Aleth Marchère ? reprit-elle, les deux mains sur le comptoir, la figure blême.

L'autre eut un mouvement de recul : on n'employait pas, en ces lieux, ces termes-là.

– Madame, il me semble que la dépouille de cette jeune femme a été rendue à sa famille. Vous devriez le savoir, puisque vous venez de leur part.

À présent, elle la tenait en joue. À l'autre bout de l'accueil, la jeune hôtesse ne cessait de les regarder, ses bras lançaient des gestes incertains à l'attention de sa collègue. Émeline comprit qu'elles agissaient de concert. Alors, dans un dernier élan, elle glissa sa paume sur le marbre glacé et souffla :

– Vous mentez.

– Comment osez-vous ?

– La tombe est vide. Dans le cimetière où elle a été enterrée.

Elle sentit son adversaire vaciller : Émeline comprit qu'elle avait gagné le point.

– Oui, je crois que vous me mentez pour vous protéger. Vous, et votre institution. Je ne suis pas ici pour faire scandale, je veux comprendre ce qui est arrivé. Ne me mentez plus, et je vous dirai, moi aussi, la vérité.

Le visage de l'infirmière se déroba sous le poids des mots : elle ne pouvait fuir. Sa collègue, maintenant occupée avec des visiteurs, ne lui serait d'aucun secours.

– Allons parler ailleurs.

Émeline crut qu'elle en profiterait pour disparaître dans les bureaux, mais à sa grande surprise, l'infirmière contourna l'orbe de marbre, passa près d'elle et l'invita à la suivre. Elle marchait devant, juchée sur des chaussures à fins talons ; dans le soleil de fin de matinée elle paraissait plus grande, plus mince. Elles traversèrent le hall : on les regardait, soignants et malades, avancer comme des soldats un jour de grande guerre, puis elles bifurquèrent hors de la vue des curieux, dans un couloir large et doré, aux lumières vives.

Des voix s'échappaient d'une porte entrouverte. Émeline voulut retenir l'infirmière, mais celle-ci avait déjà passé la tête dans l'embrasure.

– Monsieur le directeur, nous avons une visite.

Elles entrèrent ensemble. Le bureau du directeur était plus étroit qu'Émeline l'aurait cru : une petite salle, très simple, avec des étagères en bois et des photos de la construction du sanatorium encadrées au mur. Une seule fenêtre donnait sur l'arrière des bâtiments. La table de travail occupait toute la largeur de la pièce : il fallait se faufiler entre le mur et le bout du bureau pour sortir accueillir des visiteurs. Deux lampes irradiaient l'espace d'une lueur presque trop douce. On se croyait dans un rêve, un rêve étrange, où la brume masque les visages et voile les paroles.

Derrière son bureau, le directeur fit signe aux deux femmes d'avancer ; c'était un homme âgé, habillé simplement. Des cheveux gris, soigneusement peignés sur le côté, encadraient un visage où les rides creusaient la chair comme des sillons retournés par les bœufs : ses yeux, vifs et larges, respiraient la bienveillance et la fatigue. L'homme, engoncé dans un fauteuil minuscule en cuir brun, semblait ailleurs ; sa peau, d'un blanc presque maladif, mettait en valeur la malice du regard, et quand il s'arrêta sur Émeline, soudain elle pensa à son propre père, dans ce bureau étroit, sans musique et sans livres.

L'homme sourit : ses dents étincelèrent dans la lumière. À côté de lui, l'infirmière se pencha sur son épaule, et annonça :

– C'est à propos d'Aleth Marchère.

Alors il s'immobilisa, souriant toujours, les yeux flanqués dans ceux d'Émeline. Elle n'y lut aucune méfiance, pas même une once de prudence, et, avançant la main pour serrer la sienne, dans une franche poignée qui lui dégourdit les doigts, elle comprit qu'il s'y attendait, à cette visite. Il lui serra longtemps la main ; sa paume était chaude, son poignet souple, ses ongles, coupés et briqués, portaient les marques d'un manque de calcium.

– Asseyez-vous, je vous en prie, dit-il en l'invitant, la paume levée vers elle.

Émeline se sentait de trop : dans cet endroit, dans cette pièce, dans cette vie. Sous l'œil de cette infirmière et de ce médecin, au cœur d'un établissement coupé du monde d'en bas, des villes et des grandes routes, sa propre existence lui échappait. Elle cheminait dans la vie des autres, cherchant des indices, des preuves, des traces du passé, sans jamais avoir fait partie de ces événements, de ces drames. Elle rencontrait des inconnus, se donnait des airs puissants, mais tout cela n'avait rien à voir avec la musique, avec son père ou sa passion. En acceptant l'invitation du directeur, elle se sentit terriblement déplacée : cet endroit, dans cet air pur, où le soleil effleurait les tempes, cet endroit l'oppressait.

– Alors, vous connaissiez Mme Marchère, dit l'homme en s'asseyant à son tour.

Sur la table, des paires de lunettes, des enveloppes encombraient le plateau. Le médecin attrapa une petite balle, qu'il fit rouler entre ses paumes.

– En vérité, je ne l'ai jamais rencontrée, souffla Émeline, les yeux rivés sur lui.

La main se referma sur la balle.

– Qui êtes-vous, mademoiselle ? demanda le directeur, d'un ton très calme, en avisant l'annulaire nu de son interlocutrice. Qu'est-ce qui vous amène ici ? Je croyais que vous étiez de la famille, ou êtes-vous, au moins, des amis de Mme Marchère ?

Émeline soupira : il avait raison. Elle n'était pas à sa place. Ni dans ce lieu, ni dans cette histoire. Il avait beau être doux et mesuré, dans ses paroles et ses actes, elle sentait qu'il prenait sur elle une longueur d'avance. En arrivant, elle s'était crue puissante, capable de renverser la vie feutrée du sanatorium par sa seule présence, maintenant son assurance la fuyait, elle aurait voulu s'excuser et disparaître sur-le-champ. Tout oublier.

– Laissez-moi vous expliquer.

– J'ai tout mon temps si vous avez le vôtre, sourit le directeur en ouvrant la paume.

Le roulement reprit.

– Je suis professeure de flûte au conservatoire de Genève. Je m'appelle Émeline Lhéritier. Il y a quelques semaines, j'ai été engagée par M. Candre Marchère, au service de son épouse, Mme Aimée Marchère.

L'infirmière eut un mouvement de recul. Troublée, la jeune femme tourna sur elle-même, comme pour ouvrir la fenêtre, mais sa main retomba contre son bras gauche, cherchant un geste pour meubler sa gêne. Le médecin fit comme si de rien n'était : la balle allait entre ses doigts.

– J'ai longtemps travaillé à Genève, dit-il en souriant toujours. C'est une belle ville.

Émeline acquiesça.

– J'y suis à mon aise, répondit-elle en se redressant sur son siège.

– Pourquoi avoir pris cet engagement en France, alors ?

C'était comme s'il l'avait pincée à l'oreille, comme s'il l'avait attrapée au moment où elle s'y attendait le moins. Ses ongles griffaient les accoudoirs : il la tenait au collet, il savait exactement que dire, quand et sur quel ton. Devant elle, il continuait de rouler sa balle, le regard fixe, attendant sa réponse, préparant déjà son prochain coup.

– Je ne sais pas, monsieur. J'avais envie d'un autre lieu. D'une seule élève.

– Alors vous n'étiez pas si bien à Genève, glissa-t-il, dans un petit sourire, un peu moqueur. Vous savez, mademoiselle, les malades, ici, le sont parce qu'ils ont voulu, un jour, connaître un lieu, ou une autre personne. Ils sont victimes de leur curiosité.

Émeline blêmit : elle était une élève, une mauvaise élève qu'on grondait, qu'on envoyait dans le bureau du directeur pour que jamais elle ne recommence à mettre le nez ailleurs que sur la ligne tracée pour elle.

– C'était du travail, monsieur. Et le domaine Marchère est un lieu sublime.

L'infirmière eut, cette fois-ci, un véritable haut-le-cœur : le médecin lui jeta un œil, dans sa main la balle s'immobilisa au centre de la paume irritée. Émeline les regarda se jauger mutuellement : ils décidaient, sous ses yeux, sans un mot, ce qu'il fallait dire, dévoiler, cacher. Elle sentait, avec une précision douloureuse, le rempart qu'ils dressaient contre elle, se protégeant de son intrusion, de ces paroles. Quand il revint à elle, le directeur tira, sous son bureau, un tiroir dont les rails hululèrent ; il déposa délicatement la balle à l'intérieur. Il gagnait du temps.

– Mademoiselle, finit-il par murmurer, refermant le tiroir où la balle roula et cogna contre le fond. Vous ne savez pas où vous avez mis les pieds.

Tête basse, l'infirmière acquiesça.

– Je ne sais pas si vous parlez de ce sanatorium ou du domaine de Candre Marchère, répondit Émeline.

– Comment pouvez-vous penser, une seule seconde, que vous n'êtes pas en sécuri…

– Monsieur !

Avant qu'il ait pu terminer sa phrase, l'hôtesse déboula dans le bureau ; sa cheffe voulut la gronder, mais la jeune femme, essoufflée, l'air paniqué, s'adressa directement au médecin :

– Pardon, monsieur, mais il y a un drôle de jeune homme, près du pavillon. Les gardes essayent de le faire sortir mais il refuse.

– Comment cela ?

Émeline crut qu'elle perdait connaissance. Autour d'elle, les cadres, les étagères, les silhouettes devinrent des ombres.

– Je ne sais comment vous dire, c'est… c'est un garçon, drôlement habillé. Il ne parle pas, il crie.

Reprenant ses esprits, la professeure de musique se leva d'un bond.

– Il est avec moi. Le cocher devait le garder en voiture, il a dû s'enfuir.

– Qui est-il ? s'inquiéta le médecin.

– Il vient du domaine Marchère, avoua Émeline.

L'infirmière, jusque-là calme et obéissante, se précipita vers la porte : elle disparut dans le couloir, faisant résonner ses talons sur le sol lisse.

Les deux femmes coururent derrière elle, suivant jusqu'au vestibule son pas pressé, et on les vit toutes trois traverser le hall comme des furies, avec derrière elle le directeur, plus petit, engoncé dans son costume, qui suivait aussi rapidement qu'il le pouvait.

Le quatuor fila à travers les jardins. Les patients rentraient, certains s'engouffraient dans le hall, d'autres contournaient le bâtiment principal et rejoignaient des pavillons de brique, côté sud. Certains portaient d'épais manteaux de laine ; leur cou, leur visage disparaissaient sous des étoles, de loin ils ressemblaient à des tiges de vers à soie, pleines et denses. Émeline regardait ces silhouettes chanceler sous le blanc du ciel, dans l'air frais à l'odeur de rivière limpide et de forêts éclairées. Elle courait derrière les deux infirmières, habituées aux situations urgentes, les bras nus et musclés sous leur chemise beige. Son buste se découpait, pourchassant des ombres blanches dans les travées impeccables et vertes.

Émeline aperçut les deux gardes qui les attendaient devant un pavillon de ciment, aux vitres larges, doublées d'une plaque qui floutait la vie à l'intérieur. L'un d'eux fit signe à l'infirmière principale, le deuxième porta son index à sa tempe pour signaler qu'un fou s'était introduit dans l'établissement et Émeline sentit peser sur elle leurs regards à tous. Ils contournèrent le petit bâtiment, l'hôtesse souffla à l'oreille d'Émeline :

– C'est le pavillon des presque-morts, comme on les appelle ici. Ils sont éloignés des autres patients.

– Taisez-vous, siffla l'infirmière. Je vois quelqu'un, devant la fenêtre...

Émeline glissa devant : longeant le mur, elle aperçut Angelin. Il agitait les mains au-dessus de sa tête, la corde de son pantalon volait, un instant elle pensa qu'il dansait, que la folie l'avait attrapé pendant le voyage. Ses yeux de fauve fixaient, derrière la fenêtre, une chimère.

– Voilà un drôle de garçon, souffla le médecin.

– Il n'est pas fou, murmura Émeline.

– Oh, je n'ai pas dit cela !

Angelin l'entendit et bondit vers eux : les infirmières reculèrent vivement. Émeline crut qu'il allait se jeter sur le médecin mais il se planta devant elle, la tira par la manche pour qu'elle le suive ; il geignait, des sons atroces fusaient d'entre ses lèvres, les gardes le regardaient, ahuris. Ils interrogeaient le directeur du regard pour savoir quoi faire de ce furieux, mais l'homme abaissa les mains.

La professeure suivit Angelin, la main sur la sienne, essayant de calmer ses cris et ses gesticulations. Il serrait entre ses doigts la laine du manteau :

sa force étonna Émeline. Elle n'opposa aucune résistance : le reste de la troupe, au coin du pavillon, attendit dehors, groupé contre le mur. Angelin avançait toujours, pointant la vitre du doigt. Elle se figea au même endroit, chercha dans le flou de la fenêtre un mouvement, une silhouette.

D'abord elle n'y comprit rien. Puis, peu à peu, elle décela une ombre, pas grand-chose, une vague dans la vitre. Elle approcha le nez, elle voyait bien quelque chose bouger, un corps, celui d'une infirmière ou d'un patient, mais les lignes étaient confuses.

– Angelin, j'aperçois quelque chose. Aidez-moi.

Alors, il prit son visage dans ses mains et l'obligea à le regarder en face. Jamais elle n'avait été aussi proche de ce garçon : la peau d'Angelin était sèche, dense comme une feuille de buvard. Des rides creusaient déjà les coins supérieurs des yeux, le bord de lèvres. La ligne des oreilles descendait jusqu'aux mâchoires. Ses mains montèrent devant son nez, s'ouvrirent, mimèrent les courbes d'une femme, surmontées d'une chevelure qu'il décrivit en agitant les doigts comme des ailes de papillon, il répéta, encore et encore, les courbes, les cheveux, ses paumes s'arrondissaient, se rapprochaient et s'éloignaient, une femme, voilà, une femme : il la voyait et Émeline pensa à la pierre qu'il avait jetée dans la salle de musique, où il les épiait depuis des semaines, derrière le muret.

Un bruit de clenche les fit sursauter : l'infirmière avait ouvert la porte du pavillon. Émeline profita de l'inattention des autres pour s'éloigner de quelques pas. Son cœur battait à tout rompre, le sang lui montait à la tête, elle respira longuement, comme un enfant resté sous l'eau trop longtemps. Puis elle revint à l'entrée du pavillon, où Angelin, toujours là, frémissait sur place. Les gardes l'empêchaient d'avancer, lui barrant le chemin, jusqu'à ce que derrière eux, la voix de l'hôtesse d'accueil, presque imperceptible, répète le même prénom plusieurs fois :

– Angeline, Angeline !

Alors les deux hommes s'écartèrent, le directeur apparut. À ses côtés, une jeune femme, le corps entortillé dans un tablier blanc et les mains gantées, approcha ; le soleil éclaboussait son visage, ses yeux larges et verts brillaient, et devant elle, Angelin, stupéfait, s'affaissa ; ses genoux ployèrent, de grosses larmes roulèrent sur ses joues tannées, il ouvrit la bouche sans qu'aucun son n'en jaillisse, et tandis que l'hôtesse répétait « Angeline, Angeline », Émeline eut la certitude que c'était elle, là, sous ces façades claires et chaudes, à l'ombre des montagnes.

Aleth Marchère.

La chaleur persista plusieurs jours sur la forêt d'Or avant qu'un vent léger n'enrobe les sapins, ne secoue les feuillages hauts et ne pousse dans le sol insectes et renards. La plus belle des saisons s'abattait sur le domaine : le rouge avait envahi les cimes et les mousses, les joues et les nez, on se couvrirait de linge comme les blaireaux se couvrent de terre, on attendrait que le ciel remonte, telle une voile gonflée, pour sortir de nouveau, et dans la grande maison où chaque chose, à sa place, grinçait, dans ce bouleversement d'automne, Aimée fuyait vers ses rêves, comme une enfant punie. On l'avait renvoyée dans son sommeil, où tout était clos et tranquille. Elle attendait que cela passe, cette vie, sans Émeline qui revenait parfois la tenir dans un songe, lui parler dans une hallucination, mais très vite elle voyait Angelin l'attraper par le bras et ils fuyaient ensemble, ces deux-là filaient entre les doigts de Candre, entre les rêves d'Aimée.

Elle y pensait chaque jour, prisonnière de son grand chagrin, persuadée d'avoir été trahie par l'un comme l'autre, elle y pensait et le visage d'Angelin près de la figure d'Émeline la blessait. Quand elle se couchait, elle priait pour ne pas les rejoindre en cauchemars, qu'on la laisse tranquille, enfin, qu'on la tienne en dehors de ces choses-là, de ces manigances. À la fin, elle était toujours là, à choisir la bonne robe, à beurrer ses tartines, à écouter Candre et à suivre Henria, pendant que les deux compagnons menaient grande vie – pensait-elle – loin du domaine, en Suisse, où on ne les pourchasserait pas, où son mari ne pouvait pas les atteindre.

Après la disparition d'Angelin, on avait retourné le domaine, fouillé les écuries, l'ancien relais de chasse où vivait Henria. On avait éventré la forêt pour pister le fuyard. Les ouvriers, le palefrenier, le jardinier avaient tous été entendus, mais ils étaient formels : aucun d'eux n'avait aidé, vu, ni même entraperçu le fils d'Henria. On alla dans les souterrains déplacer les bocaux, les bouteilles et les couvertures mitées, au-delà du domaine on s'enfonça loin dans les villages, les aubergistes furent prévenus, les maisons de passe menacées. Les salles de jeux bruissèrent pendant des jours de la nouvelle : le fils de Léone, cet ancien joueur, avait disparu, et peu à peu, on chuchota qu'il s'était enfui avec une jeune femme. Lui, privé de sa langue, il avait trouvé une fille assez bête pour l'emporter loin de sa mère et de son maître ! Quelle histoire ! Angelin et la flûtiste ! Le domestique qui puait le cheval avait séduit la professeure bien mise, on jasait le soir au coin du feu, on se moquait de Candre, on plaignait Henria, on imitait Aimée qui apprenait ses gammes pendant que derrière la porte les deux amoureux s'amourachaient sans doute grossièrement. L'histoire fit le tour des tables et des comptoirs, des salons et des chambres, on s'excita, on s'énerva, et l'on rit longtemps, dans le dos du fils Marchère. Candre, lui, finit par accepter sa défaite : Angelin était tombé amoureux d'Émeline, il n'y pouvait rien, c'était la volonté de Dieu.

Alors, dans sa peine, Aimée s'efforça d'être douce et aimable, gardant tout au fond une entaille profonde, béante, où le visage d'Émeline surgissait puis s'évanouissait. Angelin était près d'elle et Aimée était restée dans sa chambre, obéissante, avec pour seule consolation le souvenir de la main sur le corps, de la paume sur la poitrine. Toutes les fois où elle avait été traversée par la certitude qu'elle lui voulait du bien, elle l'avait suivie jusqu'aux écuries, elle était revenue la chercher, elle l'avait protégée, et aimée. Oui, voilà, aimée. Quand l'épouse formulait, pour elle seule, ce pauvre mot, il lui arrachait le cœur, s'échappait d'elle comme un animal sauvage et puis, la nuit, il revenait à pattes de loup, se glissait contre elle, grimpait dans son oreille et la réchauffait longtemps avant de disparaître à nouveau.

Elle l'avait aimée. Mme Marchère en était persuadée, et cette certitude lui coupait le souffle, dans cette maison où tout semblait figé pour elle, jusque dans le visage de son mari et les gestes de sa bonne. La journée, elle devait se tenir bien et parler bon pour Henria ; elle dut joindre aux lamentations de Candre les siennes, feindre de lui en vouloir, de maudire Émeline. Elle joua si bien la colère que son mari lui demanda de retenir ses paroles, qu'il trouvait dures et peu catholiques. Le soir, elle montait l'escalier sans empressement, sa main passait sur la rampe comme celle de sa professeure entre ses omoplates, pendant quelques secondes elle ouvrait la salle de musique et Émeline l'attendait, un léger sourire aux lèvres. Quand elle rouvrait les yeux, la lumière avait fui, laissant derrière elle une trace au bois foncé, un courant chaud montait aux chambres depuis le salon où les bûches crépitaient jour et nuit, enveloppant la maison. Henria se chargeait de nourrir les flammes et Aimée nourrissait les siennes, la nuit, quand son époux venait la prendre, ce qui se produisait de plus en plus souvent, de plus en plus fermement. Le départ d'Angelin avait réveillé en lui une soif de sa femme : seul homme du domaine, il arrivait plus tôt, repartait plus tard, ne s'endormait jamais près d'elle ni contre elle, il s'enfonçait dans sa chair comme dans un fruit, son souffle coulait dans la nuque d'Aimée, et elle suivait ses mouvements, attrapait ses doigts, soupirait fort à la recherche du plaisir qui pointait, parfois, à la surface de la nuit.

Un matin, elle s'éveilla, les jambes prises de légères convulsions qui ressemblaient plus à des chatouilles qu'à une véritable douleur. Un instant, elle crut que son mari avait passé la nuit près d'elle, et qu'il effleurait ses mollets du bout des doigts. Mais la sensation courait de la cheville à la cuisse, un frisson démultiplié la tira des couvertures : et quand elle poussa au fond du lit ses draps, elle découvrit, horrifiée, une colonie de fourmis rouges, les mêmes qu'au premier jour, qui grimpaient le long du pied du lit et envahissaient le matelas et sa peau. Le cortège, formé de milliers d'ouvrières, traversait la chambre depuis le linteau de la fenêtre et avançait sur elle. Aimée convulsait, terrifiée, repoussant les fourmis. Ses mains balayaient les cuisses, les genoux, les mollets, mais dès qu'elle détournait leur trajet il en venait d'autres, toujours plus nombreuses, dans ce grand lit réservé à l'amour et à la peine. Aimée faillit hurler mais elle se contenta de sauter hors du lit, comme une enfant, se débarrassa des bêtes encore sur sa peau, et passa par-dessus ses habits de nuit une robe de chambre.

– Henria ! Henria !

Elle appela depuis sa chambre, reculant devant le spectacle de la couche ouverte et des fourmis l'envahissant. Dans la lumière du matin on aurait dit un sang très clair coulant d'une large blessure. Aimée ne cessa de se secouer, de trépigner sur place pour faire tomber d'elle les dernières fourmis, puis, n'entendant rien dans le couloir, elle enfila de gros chaussons en peau de mouton, sortit, un œil plein de sommeil et l'autre plein de stupeur, à la recherche d'Henria.

La maison était calme. Les meubles continuaient à chanter, les hommes dormaient toujours. En passant devant la chambre de Candre, elle tendit l'oreille, rien. Dans l'escalier, des moutons de poussière dansaient dans la lumière, encore basse, presque cireuse, comme si la brume avait été difficile à traverser et que des lambeaux s'en étaient détachés. Aimée parcourut le salon, où la table était propre et déjà dressée : elle pensa trouver Henria dans la cuisine, mais les ustensiles reposaient contre le mur, accrochés aux clous. Aimée rejoignit le vestibule : une seconde, elle imagina que la bonne nettoyait la salle de musique, elle hésita, tourna sur elle-même, mais sa pensée la tira en avant, sur la terrasse. L'air était froid, déjà le gel dessinait sur la pelouse une pellicule qui adoucissait le vert profond des brins. Deux oiseaux s'enfuirent à l'approche d'Aimée ; debout, devant les parterres de rosiers sans fleurs et de taillis sans couleurs, elle avala une grande bouffée d'air qui courut en elle de la gorge aux entrailles. L'odeur des sapins, prisonnière de ce froid nouveau, paraissait plus âpre, pénétrante, elle raidissait les bronches, gonflait les narines. Aimée se sentit giflée de toute part. Elle quitta l'esplanade et tourna au chemin des écuries, longea le mur sous la salle de musique sans y prêter attention et, avant d'apercevoir la cour où Angelin s'était fait battre, elle bifurqua, engoncée dans sa robe de chambre serrée à la taille, avant d'atteindre l'ancien relais de chasse où Henria avait passé, avec Léonce et son fils, toute sa vie.

La petite assemblée suivit le directeur au premier étage du sanatorium. Les gardes encadraient Angelin, qui tenait mal sur ses jambes. Au côté du médecin, l'infirmière et l'hôtesse avançaient en silence ; de temps à autre la plus jeune jetait un œil derrière elle et dévisageait Émeline, au milieu du cortège, le bras frôlant celui d'Aleth, prête à l'attraper, à la soutenir, à la porter s'il le fallait.

Quand la professeure de musique l'avait découverte, face à Angelin prostré, elle s'était approchée, certaine de perdre la raison, et sur ce visage que le grand air lissait et rosissait, calme et distingué, elle avait lu qu'Aleth n'était pas surprise, qu'elle s'attendait à ce que cela se produise un jour. Quoi exactement, Émeline n'en savait encore rien, mais elle ne s'était pas effondrée, elle n'avait pas fui, ni pleuré, non, elle était restée là quelques secondes devant ce garçon bouleversé. Puis elle l'avait tenu, la main dans la chevelure dense et compacte d'Angelin, et on les avait regardés, ébahis, la jeune femme debout et le garçon à ses pieds, les doigts d'Aleth refermés sur le crâne chaud et tremblant du jeune homme, et les paumes d'Angelin courbées sur ses chevilles à elle. Il ne serrait pas, non, il touchait, comme ferait un enfant sur une statue : désirant qu'elle soit de chair et d'os, il vérifiait qu'elle était bien réelle et vivante.

Pas un mot ne jaillit du cortège tout le temps que dura le trajet entre le pavillon des presque-morts et la salle de réunion. On traversa le vestibule très dignement, des malades suivirent du regard, c'était sans doute des gens importants pour que les gardes et trois infirmières soient conviées ; on lorgna Angelin, garçon sans uniforme dans cette aile de l'établissement réservée aux femmes, et bien sûr on s'écarta au passage du directeur, aux lèvres pincées, qu'un léger tremblement déformait à peine.

On emprunta des marches plus larges que celles du domaine Marchère. En suivant les infirmières, Aleth s'était, naturellement, glissée près d'Émeline quand le directeur avait ordonné qu'on rentre. La jeune femme aux yeux d'un vert de chasse lui faisait confiance, c'est cela que pensait Émeline en pénétrant la salle du premier étage, elle lui faisait confiance parce que son avenir se jouait là, dans ces étranges retrouvailles.

Les gardes assirent Angelin sur un petit fauteuil, contre la fenêtre. Ils n'eurent aucune brutalité envers lui : le garçon obéissait, son œil ne quittait pas Aleth. Le médecin s'installa sur la chaise la plus proche de la porte. La salle, tout en longueur, donnait sur les montagnes ; si proches, elles semblaient sur le point de passer leurs cimes par la fenêtre pour se joindre à la conversation. L'espace était meublé d'une longue table, usée, ovale, cerclée d'une dizaine de fauteuils étroits. Les murs étaient nus, les fenêtres simples. L'infirmière en chef resta debout, devant la porte, l'hôtesse s'installa à l'écart, on l'oublierait très vite, et Aleth et Émeline s'assirent en même temps, côte à côte, face au directeur. Au village, les cloches sonnèrent midi.

Aleth était vivante. Sous le choc, Émeline la fixait, comme une créature irréelle. La jeune femme s'en moquait : toute son attention se portait sur Angelin et sur les gardes. Elle fronçait les sourcils, navrée, mais dans cet air sage la professeure décela une audace qu'elle n'avait jamais vue ailleurs.

Le directeur leva la main :

– Je crois que nous avons des choses à nous dire, et qui ne doivent pas sortir de cette salle.

Le logis de chasse s'étirait entre les écuries et les bois percés de chemins. De la cuisine, on entendait les voix des ouvriers, le son des chevaux, les sifflements du palefrenier qui exerçait les bêtes dans la cour. La porte était entrouverte : Aimée toqua deux fois, la fraîcheur engourdissait ses pieds et réveillait ses joues. Aucun bruit à l'intérieur ; elle entra, essuya ses chaussons sur les dalles, qui donnaient directement sur une pièce aussi large que basse de plafond. La salle, pauvrement meublée d'une table de bois grossier, finissait d'un côté par un long évier en pierre surmonté d'une planche qui courait sur la largeur, et de l'autre par une porte menant à une chambre. Dans l'angle, une grande bassine en fer, nettoyée, retournée contre le mur, gouttait. Seules deux fenêtres apportaient de la lumière. Un poêle assez petit, surmonté d'une large plaque noircie, noyait la maison d'une chaleur presque enivrante.

Aimée appela une fois, puis deux. Tout était calme. Elle avança vers l'évier, vidé et poli, leva les yeux sur les bocaux étiquetés avec soin : l'écriture d'Henria était claire, presque scolaire. Chaque pot enfermait herbe, graine ou écorce : eucalyptus, sapin, jonquille, thym, orties, ronces, acacia. Aimée connaissait certaines racines, quelques arbres, mais elle pénétrait dans un monde magique, elle aurait voulu ouvrir chacun des bocaux, respirer longtemps son trésor, s'en emplir pour les jours suivants. Elle se souvint de ces longues journées de maladie, clouée au lit, avant la dernière visite d'Émeline. Seule Henria avait pu la consoler, la toucher, la réchauffer. Ses soupes et tisanes, brûlantes, avaient coulé dans sa gorge comme des potions secrètes, elle l'avait nourrie, telle une enfant de vingt ans, avant le grand départ de la musicienne et du garçon muet. Seule au milieu de cette cuisine si propre qu'elle en paraissait irréelle, Aimée s'imagina préparant ses propres onguents, détentrice d'un savoir ancestral et utile, oui, utile, pour soigner les autres, les tenir, au chaud, dans une grande paume silencieuse.

Deux placards aux panneaux de bois brun fermaient, sous l'évier, des étagères profondes. Aimée les ouvrit à grand bruit, découvrit les assiettes, empilées sur des feuilles buvards. Candre avait dû offrir à Henria un service de table : aucune bonne de la région ne gardait sous ses pots à épices de la porcelaine claire. Des chopes transparentes, rangées les unes contre les autres, éblouirent Aimée quand un rayon de soleil joua sur le rebord : le verre était si poli, si pur, si parfaitement nettoyé qu'on devinait, derrière le premier rang d'ustensiles de cuisine, trois autres bocaux, plus larges, plus grands, de ceux qu'on utilise pour les fruits et qu'on garde loin de la lumière. Aimée poussa les verres, tendit les bras à l'intérieur du placard, comme si elle s'apprêtait à dresser la table pour déjeuner, et tira à elle le premier bocal, plein d'un liquide brun, assez limpide. Elle se hissa sur ses genoux, songeuse, souleva le pot au-dessus de l'évier, et étouffa un hurlement en comprenant ce qu'il contenait.

Une langue.

– Vous n'avez rien à faire ici, dit une voix derrière elle, dans un courant d'air gelé.

– Nous avons reçu Aleth Marchère il y a moins de deux ans. Quand elle est arrivée ici, nous pensions qu'elle souffrait d'un affaiblissement des bronches. Son époux craignait la tuberculose ; au bout de quelques jours et de soins appropriés, nous avons compris qu'elle n'était pas malade du virus, ce qui fut, pour nous, un grand soulagement. Elle ne présentait aucune fièvre, aucun gonflement des ganglions. Elle toussait peu, et se plaignait d'un poids au thorax.

Le médecin parlait très calmement ; il s'adressait à Émeline comme si les autres membres de l'assemblée avaient quitté la pièce.

– Elle reçut un traitement de faveur. M. Marchère avait demandé à ce qu'elle soit tenue éloignée des autres patients, par peur d'une – très peu probable – contagion. En arrivant ici, Aleth était très faible, et terrifiée ; nous avons mis son mal sur le compte de son angoisse. Sa gorge, ses sphincters, son œsophage semblaient bloqués, comme une machine arrêtée en plein processus.

Il ferma les poings subitement.

– Nous l'avons gardée à part pendant une semaine, puis elle put ressortir, prendre un peu l'air dans la travée des curistes, aux heures les moins fréquentées. Un long moment, nous n'avons pas su d'où venait son encombrement des voies respiratoires, à un tel degré ; je me demande encore aujourd'hui comment vous avez fait pour survivre à ce voyage en voiture à cheval, dit-il en tournant vers elle son regard, clair et bienveillant. Vous êtes une force de la nature.

« Notre infirmière, poursuivit le directeur en la désignant, s'est occupée d'Aleth tout au long de sa quarantaine. Un soir, après la fermeture des bains, elle est venue me voir, pensant que l'état de sa patiente n'était pas dû à un virus, mais à une inhalation, ou une ingestion incohérente.

– Du poison, souffla l'infirmière devant la porte, la main sur la poignée.

Les gardes frémirent. Angelin s'était redressé.

– Nous avons, le lendemain de cette découverte, discuté longuement avec Aleth, reprit le médecin, la voix plus douce.

Le mot avait été jeté. *Du poison.*

– Mais je pense que c'est à elle de vous expliquer la suite, comme elle nous l'a racontée au moment des événements, conclut-il, la main ouverte, tendue vers Aleth, qui détourna brusquement son regard d'Angelin et parut comme tirée d'un autre monde.

Émeline effleura le poignet de sa voisine. Le pouls était rapide, les doigts tendus. Les grands yeux verts fuyaient, d'une âme à l'autre, et quand ils se posèrent sur Émeline, elle acquiesça très lentement.

– Que s'est-il passé ?

La bouche d'Aleth se déforma. Émeline crut qu'elle allait fondre en larmes, mais elle se mordit les lèvres.

– Vous pouvez tout dire, murmura le directeur.

– Il faut que vous sachiez une chose, souffla-t-elle, si près du visage d'Émeline que la confidence se transformait en secret. Quand j'ai été mariée à Candre, je ne connaissais rien des hommes, rien de la vie hors de la maison de mes parents. Il était riche, très pieux, et de bonne réputation.

– Je comprends, répondit Émeline.

– Au début, tout s'est bien passé. Henria s'occupait parfaitement de moi, elle m'a tout montré, tout expliqué, elle m'a accompagnée aux limites du domaine. Candre – vous l'avez sûrement déjà rencontré – paraissait doux et calme. Il ne me brutalisait pas. Il ne me faisait pas mal. Quand j'ai voulu avoir un petit chien pour me tenir compagnie, le lendemain, il a trouvé ce chiot de chasse, adorable. Et puis, il était très attentif et prévoyant. Il ne ressemblait à aucun homme.

Aleth parlait vite. Elle débitait les mots comme des troncs. Émeline entendit le directeur soupirer : il avait repris sa balle et jouait avec.

– Mais c'est un homme triste, madame, un homme très triste.

Puis, de nouveau, elle tourna la tête et avisa Angelin. Lui n'avait pas quitté la jeune femme des yeux : il la dévorait du regard. À présent, les gardes, les infirmières, le directeur et la professeure, tous fixaient tantôt Aleth, tantôt le garçon de ferme.

– Vous l'aimez, murmura Émeline en arrondissant les épaules.

Alors c'était cela, la grande affaire du domaine Marchère.

Simplement cela.

La jeune épouse et le fils de la bonne. C'était une histoire vieille comme le monde, et elle n'avait rien compris.

– Qui lui a coupé la langue ? demanda soudainement l'infirmière en chef, approchant le jeune garçon qui se ratatina sur son siège.

Comme Émeline, elle avait immédiatement compris. Il n'était pas muet de naissance, mais privé de l'organe de la parole.

Alors Aleth fondit en larmes. Émeline voulut la réconforter, lui dire qu'elle n'avait rien à craindre, mais face à ce corps rompu par le chagrin et les retrouvailles, elle se sentait d'une bêtise abyssale.

– C'est ma faute, hoqueta Aleth, entre deux sanglots. Tout est ma faute.

– Allons, allons, ressaisissez-vous, ordonna le directeur en se levant.

Il s'approcha d'elle, appuya sa paume sur son dos,

comme faisait la professeure pour ses élèves. Aleth réagit immédiatement : elle inspira un grand coup, et reprit.

– Angelin a été puni.

Le garçon gémit : les gardes, à ses côtés, se tenaient prêts à l'immobiliser.

– Qui lui a coupé la langue ? demanda Émeline, soudain plus vive. La colère lui faisait une voix grave, forte.

– Les hommes de Candre, souffla la jeune femme. Ce sont eux.

Émeline se tassa sur son siège : elle n'osait y croire.

– Comment a-t-il pu ordonner une chose pareille ? murmura-t-elle, si bas qu'on eût dit qu'elle se parlait à elle-même.

Une longue plainte, profonde, fusa de la gorge blessée d'Angelin. Les gardes sursautèrent. Ils l'attrapèrent par les bras, qu'ils replièrent derrière son dos, en *X*, l'un d'eux le tint à la nuque et appuya sur sa bouche son énorme main.

– Cessez donc ! cria Aleth aux deux hommes. Pour l'amour du Ciel, laissez-le !

Le directeur leur ordonna d'un signe de main de relâcher leur proie. Libre, Angelin avança jusqu'à Aleth : au lieu de se prostrer devant elle, il tira un siège, s'y enfonça, et fit face, les yeux écarquillés, l'air plein de courage.

– Ce n'est pas Candre, avoua-t-elle, avançant les doigts aux cheveux de son amant.

Aimée s'accrocha au bord de l'évier, les doigts comme des serres contre la pierre froide. Le plafond semblait descendre sur elle : les murs se rapprochaient. Dans l'embrasure de la porte, une silhouette absorbait la lumière et crachait de l'ombre. Le bocal, au fond de l'évier, envoyait ses odeurs aigres dans tout le logis.

– Refermez ça, cette chose empeste.

Aimée s'exécuta. Elle pivota légèrement, vissa le couvercle. Contre la pierre froide, sa peau brûlait : elle ressentait chaque centimètre de la surface de son corps, habité par mille fourmis rouges, qui montaient et descendaient, grouillaient sur elle.

– Qu'est-ce qui vous amène ici ?

Il n'y avait aucune menace, aucune violence dans cette voix.

– Je me suis réveillée ce matin, répondit-elle, toujours agrippée au rebord de l'évier, et des fourmis rouges ont envahi le lit.

– D’où venaient-elles ?

Aimée ferma les yeux, se remémora le cortège, sur les draps, le long du pilier.

– Je crois qu’elles sont arrivées de la fenêtre.

– Ces fourmis reviennent deux fois par an. Elles sont inoffensives.

Aimée opina. Une partie d’elle-même se rassura : très bien, c’était une fausse frayeur, ce matin, il n’y a aucune raison de s’inquiéter. Mais derrière elle, dans l’évier, le bocal, pourtant fermé, diffusait encore sa puanteur, elle avait beau garder les yeux ouverts et fixés sur la silhouette, la chose était là.

Henria avança jusque devant la table. Les deux femmes, l’une protégée par le long plateau, l’autre accrochée à la pierre, se jaugeaient.

– Vous n’auriez pas dû venir ici.

– Je suis chez moi, dans ce domaine. J’ai le droit d’aller et venir comme bon me semble.

Henria fut traversée par un tremblement fou : Aimée la toisait.

– Je suis la femme de Candre, ne l’oubliez pas.

– Oh ! Je ne l’oublie pas, j’y pense même chaque jour que Dieu fait… murmura la bonne.

Puis elle tira une chaise et s’assit, les yeux perdus dans les lampes éteintes. Aimée crut qu’elle allait fondre en larmes ; elle se frotta les yeux, comme un animal tiré de son terrier. Aimée en profita pour bouger, dégourdir ses membres : elle s’écarta de l’évier, secoua ses pieds gelés dans ses chaussons mouillés. Elle eut envie de s'asseoir mais retint son geste : elle était la maîtresse de maison. Elle attendit qu'Henria relève la tête pour dire :

– Comment pouvez-vous garder une telle chose chez vous ?

Au fond de l'évier, la langue du fils, racornie, trempait dans le vinaigre.

– Vous ne pouvez pas comprendre, lâcha la bonne. Vous ne savez pas ce qu'il s'est passé ici, avant votre venue. Vous ne savez pas combien les hommes sont fourbes, et bêtes. Candre ne méritait pas d'être blessé plus qu'il n'était, ce pauvre enfant !

Sa voix était montée haut, d'un seul coup.

Aimée n'y comprenait rien. Elle discernait des ombres, classait les événements, les indices, mais rien n'allait. L'histoire lui glissait entre les doigts, sa pensée butait.

– Angelin n'a jamais joué aux auberges, dit Aimée. Les hommes de Candre lui ont coupé la langue, et Candre pense que ce sont des ivrognes du village qui lui ont fait cela.

Henria acquiesça.

– En tout cas, c'est l'histoire que vous avez inventée.

– Et alors ? Que voulez-vous ? Que je dise à Candre que sa femme forniquait avec le garçon de ferme ? Mon propre fils ! Je les ai vus, comprenez-vous ? Je les ai vus, ici même, aux écuries ! La langue d'Angelin entre les cuisses de cette diablesse !

Aimée eut un haut-le-cœur : Henria hurlait. Sa bouche, gâtée par la colère et le dégoût, plissait comme une peau de lait. Elle lançait des paroles atroces, qui ricochaient contre les oreilles de sa maîtresse et la blessaient, Aimée entendait des mots inconnus, mais, même dans la bouche de son cousin, ces mots-là étaient moins violents, moins chargés. La vérité était gluante, mouillée de bave et de stupre. Elle imagina, à travers le souvenir de la photographie d'Aleth, Angelin et elle, dans le box, et cette pensée la révulsa.

– Cette femme vénale et mon fils ont fait des choses inacceptables. Pensez que j'ai élevé Candre, madame, je l'ai soigné, je l'ai porté. Quand Angelin est venu au monde, j'ai continué à élever le maître comme mon propre fils. Il a toujours été si bon, envers Léonce, envers Angelin. Et voilà comment on le remercie : un homme si droit, si pieux, on le trompe, on le bafoue, on le vole !

À présent, elle ne voyait plus Aimée. Sa pensée retournait au temps de l'enfance de Candre et d'Angelin, elle suivait le cours des années, les petits garçons tant aimés devenaient des hommes et leurs désirs échappaient à la mère de sang et d'âme. Angelin et Aleth.

– Vous avez puni votre fils et Mme Marchère, souffla Aimée.

L'odeur âcre du vinaigre n'entrait plus en elle : toute son attention se portait sur ses pensées, elle interprétait ses découvertes, classifiait son épouvante, reprenait le chemin inverse ; depuis sa rencontre avec Candre jusqu'à la découverte de la langue, protégée dans son bain de vinaigre.

Henria était blanche ; d'une pâleur de morte. Aimée voyait qu'elle se débattait avec sa propre horreur.

– Je n'ai jamais voulu que cela se passe ainsi, dit-elle, la voix brisée. Quand j'ai découvert ce qui arrivait entre mon fils et Mme Marchère, j'ai demandé aux hommes des bois de secouer Angelin, de lui mettre une raclée, pour qu'il arrête. Je leur ai raconté ce que j'avais vu. Un soir, dans la nuit, un commis m'a tirée du sommeil pour me dire qu'Angelin avait été emmené chez le médecin du village, qu'il saignait beaucoup, que sa vie était en jeu. Ils lui avaient coupé la langue. Je ne leur ai jamais demandé une telle chose, madame Aimée, jamais. Mais, vous comprenez, Candre est très respecté par les gens qui travaillent pour lui, et avec lui. Il est bon, honnête, il paie bien. Je crois que les ouvriers m'ont obéi et qu'ils ont puni à leur tour Angelin de n'avoir pas respecté sa mère, son maître, son domaine.

– Et la femme de Candre aussi, remarqua Aimée, ahurie par ce qu'elle entendait.

Henria se mit à rire comme une folle. Blanche, et folle.

– Oh, vous savez, je crois bien que c'est elle qui est venue renifler mon pauvre Angelin. Ils sont aussi bêtes l'un que l'autre !

La servante éclatait de rage, ses mains appuyaient le bois comme pour l'étouffer, son corps immense palpitait sur sa chaise.

– Qu'est-il arrivé ensuite ? demanda Aimée en essayant de calmer les battements de son cœur. Une fois que vous avez inventé cette histoire d'argent perdu au jeu ?

– La vie a repris ici comme elle était, pendant quelques semaines. Angelin est resté dans son lit, au repos, il ouvrait à peine les yeux. Candre le visitait chaque jour. Le médecin venait vérifier la blessure. Aleth est restée muette et absente. J'ai cru que tout allait mieux, qu'ils avaient compris. Et puis, un jour d'église où Madame s'était plainte de maux de tête et où elle a gardé le lit, je les ai trouvés, au retour, ici, mon fils à moitié endormi et Madame près de lui. Ça n'avait pas suffi…

Aimée comprit. Elle dévisagea Henria comme si elle la voyait pour la première fois. Cette femme, avachie devant sa table vide, était capable de tout. Pour Candre.

– Vous avez empoisonné Aleth, murmura Aimée, si bas que sa voix devint souffle.

– Elle avait été prévenue, répondit sèchement Henria en se secouant sur sa chaise. Ce ne sont pas des choses qui se font, qu'aurait pensé Jeanne Marchère ? Qu'aurait fait Candre, s'il avait su ? Vous vous rendez compte, les risques que ces deux-là nous faisaient prendre ? Monsieur n'aurait pas supporté, et je n'aurais pas supporté qu'il souffre, encore une fois.

– Qu'avez-vous fait ?

– Le soir même, j'ai déposé, sous le lit de Madame, le vôtre, un sachet de graines de ricine. Madame s'est plainte d'encombrement au matin. Trois jours après, elle quittait le domaine.

– Vous avez été soulagée d'apprendre sa mort.

Henria secoua vivement la tête.

– J'ai vécu, ici, trop de morts et de disparitions. Et mon pauvre Candre, si triste devant cette tombe, la troisième en si peu d'années ! Mais c'était pour le mieux. Vous pensez que je suis une sorcière, je le vois bien, mais Angelin a cela dans le sang, il est comme son père, d'ailleurs, il a louché sur cette professeure dès son arrivée et ils sont partis ensemble ! Qu'ont donc les femmes pour s'enticher de ce garçon, alors que son maître est si bon ?

Aimée dodelina : Henria croyait que son fils et Émeline s'aimaient, et de l'entendre dire à haute voix ces choses la blessait, au plus profond d'elle-même. Pouvait-elle avoir raison ? Émeline était-elle revenue pour lui, et pas pour elle ?

– Je pourrais aller voir les gendarmes, tout leur raconter. Vous êtes responsable de la mort d'Aleth et du handicap d'Angelin. Vous avez menti, toutes ces années, à Candre. Si vous étiez jugée, on vous jetterait en prison. Peut-être plus.

– Vous ne ferez rien, souffla-t-elle.

Une bouffée d'orgueil empourpra le visage de sa maîtresse.

– Vous ne m'en croyez pas capable, c'est cela ? rugit-elle en avançant sur la bonne.

– Vous en êtes tout à fait capable, madame, dit-elle très respectueusement. Mais vous ne le ferez pas. Vous êtes enceinte.

Dans la grande pièce aux vitres éblouissantes, Émeline, figée, cherchait dans sa mémoire les rares fois où elle avait vu Henria, et quand un événement surgissait, elle ne voyait qu'une femme bonne et simple, servant son maître, protégeant son fils, nettoyant la salle de musique, une domestique modèle. Pourtant, c'était elle : sur sa chaise, Angelin ne geignait plus, vidé de forces il attendait qu'on parle. Le directeur rompit le silence :

– Il faut que nous prenions une décision.

Émeline se tourna vers lui.

– Je crois que nous devrions nous entretenir seule à seul, murmura-t-elle.

– Nous sommes tous, ici, conscients que depuis deux ans, nous vivons une situation inédite, et illégale.

À ces mots, Aleth frissonna sur sa chaise. Émeline l'interrogea du regard.

– Le soir où monsieur le directeur est venu me

voir, je lui ai tout raconté : mon mariage avec Candre, l'amour que j'éprouvais – et que j'éprouve toujours – pour Angelin, notre faute, un jour, où nous avons été vus par Henria. La langue coupée… Oh ! si vous saviez ce qu'il a enduré, si vous saviez comme je me sentais coupable. Je ne pouvais pas le voir, ni le visiter. On le gardait au lit dans la chambre de sa mère, et je restais dans la mienne, morte d'inquiétude. Un dimanche, j'ai prétexté une fièvre et, pendant que mon époux et Henria se rendaient à l'église, je suis allée le voir ; il était pâle et souffrant, si fragile dans son alcôve, et si beau. Je suis restée là longtemps, à lui demander pardon cent fois, à lui répéter que je l'aime. Henria m'a vue, une fois encore, et a promis de me jeter hors de ce domaine et de cette famille. Trois jours après, j'étais en route pour Villenz.

Le directeur soupira.

– Nous savions que si Aleth était renvoyée au domaine Marchère, après ces événements regrettables, nous la rendions au loup – ou plutôt à la louve. Comprenez-nous : soit nous la gardions ici illégalement, soit nous la laissions partir, en sachant qu'elle était en danger. Nous avons pris, tous ensemble, la décision de faire d'elle l'une de nos soignantes, au pavillon le plus éloigné des regards.

Émeline écarquilla les yeux.

– Vous cachez Aleth ici depuis deux ans, et vous avez fait croire à sa mort.

– C'était le seul moyen pour qu'Henria apaise sa fureur, souffla Aleth, la bouche tremblante.

– Comment M. Marchère a-t-il pu croire une telle chose ?

Le médecin passa ses mains sous son cou.

– Nous avons envoyé en France un cercueil plein et lourd, mais vide de corps.

– Candre n'a pas demandé à veiller sa femme ?

Émeline n'y comprenait rien. C'était trop énorme.

– Candre a vu sa mère mourir, son père mourir. Il refuse qu'on ouvre des cercueils dans des maisons, qu'on expose les défunts. Et nous avons précisé aux croque-morts que le corps était en mauvais état et que le voyage empirerait les choses.

– *La tombe est vide*... répéta Émeline pour elle-même.

Aleth sursauta.

– Qu'avez-vous dit ?

Elle voulut tout lui expliquer, la nouvelle épouse, ses doutes et ses peurs, son désir aussi, la pierre dans la vitre, la course à travers bois, oui, elle voulut raconter, pendant des heures, les mois qui avaient passé dans ce château de lierre où la vie humaine étouffait sous les arbres, où les peaux brûlaient d'attente et de songes terrifiants, mais elle se sentait coupable, loin d'Aimée, qu'elle avait laissée là-bas, entre les mains d'une sorcière et les bras d'un homme qui vivait pour Dieu, sans voir, dans sa propre maison, le grand sourire du diable.

– Si je suis là, Aleth, c'est que la deuxième femme de Candre, Aimée Marchère, a su que la tombe est vide. Elle me l'a dit.

La jeune femme blêmit.
– Qui d'autre sait ?
– Son cousin, Claude. C'est lui qui l'a découvert.
– Alors je ne suis plus en sécurité, trembla Aleth.
Et elle s'effondra sur sa chaise, à la manière d'un corps qui devient fantôme, ou d'un fantôme lui-même fatigué d'avoir erré si longtemps auprès d'âmes sombres. Elle s'affaissa, faite tout à coup de linge et non plus de chair, d'organes. Angelin voulut la rejoindre mais les gardes le retinrent : le secret était découvert.

Émeline quitta son siège et s'agenouilla, comme devant une enfant, face au corps frissonnant d'Aleth. Elle tint, longtemps, ses mains dans les siennes, ses cheveux agrippaient des mèches brunes dans leurs boucles, autour les autres retenaient leur souffle, tout se figeait.

– Aimée a choisi de rester là-bas, chuchota Émeline, vous comprenez ? Je suis venue la chercher, et je suis reparti avec Angelin accroché sous ma voiture. Son sort ne sera pas le vôtre. Elle est auprès de son mari, et votre amant vous a retrouvée. Vous êtes en sécurité ici, plus qu'ailleurs dans le monde. Mais vous devez garder ce garçon auprès de vous, sinon, tout sera révélé. Pour l'instant, Candre et Henria vous croient morte, et me pensent amoureuse d'Angelin. Ceci est bon pour nous tous. Veillons à ce que cela reste ainsi.

Aleth resta longuement tête baissée, à écouter cette voix douce et basse la rassurer, parler d'un avenir étrange, d'une vie qui continuerait, dans ces hautes montagnes, avec un autre nom, un autre paysage.

– Que va-t-il lui arriver, à cette jeune femme ? demanda Aleth. Pourquoi n'allez-vous pas la chercher ? Vous pourriez la tirer de ces enfers.

Émeline frémit.

– Si j'y retourne, on saura que vous êtes vivante. On saura qu'Angelin a eu la langue coupée par la volonté de sa propre mère. Que Claude a ouvert la tombe : pour un homme d'armes, c'est une faute grave. Si j'y retourne, la vie de Claude, de Candre et, surtout, celle d'Aimée s'effondrent. Je la condamnerais.

Aleth haussa les épaules.

– Candre n'aime que Dieu.

– Alors, que Dieu soit bon avec elle.

– Vous êtes folle.
Un sourire large, effrayant de profondeur et de victoire, trancha le visage d'Henria.

– Madame, je suis peut-être folle, mais vous êtes privée de savoirs essentiels.

Aimée perdait tout sens commun, à mesure que le ciel descendait sur le logis de chasse. Le bien et le mal se mélangeaient dans sa pensée comme des jumeaux monstrueux, liés par un seul et même membre, dansant dans son âme, tarentulant presque, à la manière des danseurs malades, fiévreux. Elle était emportée par ces mouvements saccadés, surgissant d'entre les dents et les yeux d'Henria et poussant en elle, comme des diables, oui, des diables, hurlant de vie et de folle rumeur. Sans savoir quand ni pourquoi, Aimée s'était assise, assez loin de la bonne pour la garder en joue, mais elle avait quitté sa place et par là son rang, elles cheminaient à présent sur la même ligne, basse et dangereuse, où les mots sont pleins de fiel.

– Je change vos draps et vos linges : vous n'avez pas saigné. En m'occupant de votre santé, j'ai senti votre ventre dur. Vous avez constamment le visage plein de nausée. Et malgré cela, au matin, vous mangez deux fois plus qu'à votre arrivée. À votre âge, madame, cela signifie que vous portez.

– Que je porte ? balbutia Aimée.

Henria soupira, comme un maître d'école devant une élève idiote.

– La vie, madame. Cela signifie que vous portez la vie.

Instinctivement, Aimée porta la paume sous sa poitrine. Certes, elle avait le ventre comme une dalle et des seins de grosse femme, mais un enfant ? Vraiment ? Elle n'osait y croire. Devant elle, Henria la dévisageait, l'air bienveillant, telle une mère, et cette figure révulsait Aimée.

– Cela n'y change rien, rugit-elle en avançant le buste au-dessus des lampes à huile. Vous avez blessé votre propre fils et tué la femme de Candre. Vous serez punie, Henria.

Alors la bonne se leva, très lentement, alourdie par le mensonge qui durait depuis si longtemps. Ses articulations grincèrent : Aimée la vit se transformer, à mesure qu'elle s'approchait d'elle dans cette cuisine de sorcellerie, une très vieille femme, fatiguée par son horreur. Elle vint à elle et s'arcbouta au-dessus de son front : Aimée ne bougeait pas. Elle ne craignait rien, pas un coup, pas un souffle, rien.

– Madame, vous ne me dénoncerez pas. Votre enfant grandira ici, entre vous et Candre, il sera bien éduqué, bien nourri, bien aimé. C'est ce que vous désirez pour lui. Si je quitte cet endroit, quelle que soit la raison de mon départ, votre mari s'effondre, et son empire avec lui. Vous pensez enlever une domestique à son emploi mais vous retirerez une mère à son fils. Songez-y, madame. Il vous manque des savoirs essentiels, mais vous n'êtes point sotte. Si vous voulez vivre saine et bien lotie, alors vous retournerez près de votre mari lui annoncer la grande nouvelle. Il sera le plus heureux des hommes, et vous serez, à ses côtés, la plus aimante des femmes. Autrement, vous plongerez chacun des habitants de ce domaine dans la pauvreté, la misère d'âme et de corps.

Elle parlait comme Amand, le jour de leur première conversation à propos de Candre. Aimée reconnaissait dans ses mots et la façon dont elle les enroulait autour de sa langue avant de les souffler la même insistance, le même amour.

– Vous pensez que cela fut chose facile, pour moi, de punir mon fils de sang et d'éloigner, à jamais, cette mauvaise fille ? Mais à choisir, qu'auriez-vous fait, madame ? Qui auriez-vous sauvé des bassesses de ce monde ? J'ai élevé deux enfants. Candre Marchère est un homme de nom, de foi et de travail. Et s'il est sur cette terre meilleur garçon que ses semblables, alors je crois en lui.

Puis elle déposa sur le front de sa maîtresse un baiser, appuyé et sec, avant de s'en retourner à la chambre du fond. Aimée voulut lui sauter à la gorge mais elle entendait la voix de son père, ses paroles, les mêmes, exactement, et cet écho la bouleversait. Avant qu'Henria disparaisse, elle eut la force de gémir :

– Pourquoi garder une telle chose chez vous ?

Henria ne se retourna point.

– Pour me souvenir, toujours, de ce que je suis et de ce que sont les hommes.

Sous la terre et les ronces

Il y avait, ce jour-là, au-dessus des arbres, une brume lente et douce, qu'au loin on prenait pour une fumée d'incendie en fin de flammes : des hommes bleus de coups et noirs d'écorce grouillaient dans la forêt, vivants au-dessus des bêtes comme des rois, si pauvres et inconscients, coupant, hachant et taillant dans le cœur des bois comme au cœur des jeunes filles qu'on prend et vole pour soi, pour sa vie, pour ses futurs enfants. La brume moussait, restant suspendue au-dessous du soleil, voilant les faces et les allures, et pendant qu'on pleurait dans le logis de chasse pour un fils perdu, pendant qu'on priait, en chapelle, une mère éteinte et tant aimée, pendant qu'ailleurs, au-delà de la forêt d'Or, on protégeait les retrouvailles des amants, pendant qu'on se nourrissait des peines et des joies pour les jours futurs, une jeune femme, tremblante dans sa robe de chambre, lacérait d'un pas vif les jardins somptueux et mouillés. Elle piétinait les fleurs et saccageait les parterres de pensées, regagnant la maison silencieuse et pleine de secrets, car ici les âmes enterraient leurs fautes sous les feuilles et les branches, dans la terre et les ronces, et cela pour des siècles.

Les coulisses des proches

Romancière, poétesse, éditrice et marathonienne: Cécile Coulon est impressionnante. Si vous lui demandez quel est son métier, elle vous répondra sûrement: « Je raconte des histoires. »

Enfant, elle dévorait Stephen King. Adolescente, elle rencontre John Steinbeck puis Marguerite Yourcenar et *Alexis ou le Traité du vain combat*. Elle se demande alors: comment écrire après ça?

Mais cela ne l'arrête pas. À 32 ans, elle a déjà écrit huit romans et deux recueils de poèmes. Ses romans nous transportent ailleurs, dans des espace-temps non définis où chaque lecteur peut se projeter. Le lieu est le point de départ de chacun de ses romans, son personnage principal. Elle a le don de créer des atmosphères obsédantes.

Avant de commencer à écrire un roman, Cécile Coulon attend d'avoir toute l'histoire en tête, elle ne prend aucune note. Puis pendant deux mois, elle écrit. Soixante jours, quatre heures par jour, rythmé par du sport dans la forêt. La course lui permet de trier ses idées, d'enlever le superflu, de donner du souffle à son récit.

Seule en sa demeure a été écrit pendant le confinement. Pour la première fois, l'écriture a duré six longs mois. Cécile Coulon a alors amplifié les phrases, posé des respirations, travaillé la langue. Jusqu'à la dernière ligne.

L'édition originale de ce livre est le fruit du travail de toute une équipe de passionnés aux Éditions L'Iconoclaste.

Pour sa sortie dans la Collection Proche,

Vahram Muratyan a conçu la couverture d'après une illustration de Vincent Roché et imaginé la recette idéale pour un plaisir de lecture parfait : de belles marges blanches, un interlignage finement étudié et un savant mélange de trois fontes (Heldane Text, Tiempos Fine et Galano Grotesque).

À la fabrication, Marie Baird-Smith et Maude Sapin ont travaillé pour obtenir l'objet idéal : un livre souple, un papier léger et bouffant, une carte de couverture qui lui permettra de vieillir sur votre étagère sans prendre une ride.

L'équipe de Soft Office a réalisé la mise en page du texte. Gina de Rosa a relu le livre à la virgule près.

Constance Beccaria, Pierre Bottura, Adèle Leproux Clémentine Malgras et Marion Vorimore ont imaginé la communication et le marketing autour du livre.

Les factures des collaborateurs et les droits d'auteur sont payés rubis sur l'ongle par l'équipe de Christelle Lemonnier.

Les représentants de Rue Jacob diffusion, coordonnés par Élise Lacaze, ainsi que l'équipe d'Interforum, ont sillonné toutes les librairies françaises, suisses et belges.

Ce livre est désormais entre vos mains, prêt à démarrer sa nouvelle vie.

L'ensemble de cet ouvrage a été réalisé dans le respect des règles environnementales en vigueur. Il a été imprimé par un imprimeur certifié Imprim'Vert, sur du Classic Book PEFC pour l'intérieur et une carte Metsäboard PEFC pour la couverture.

Achevé d'imprimer en France sur les presses de l'imprimerie Normandie Roto Impression s.a.s. à Lonrai (Orne) en novembre 2022.

ISBN : 978-2-493909-26-8
N° d'impression : 2205516
Dépôt légal : Janvier 2023